할머니와 함께하는
시낭송놀이

할머니와 함께하는 **시낭송놀이**

초판 1쇄 인쇄일_2016년 2월 1일
초판 1쇄 발행일_2016년 2월 11일

지은이_인지후·이한분
그린이_이연우
펴낸이_최길주

펴낸곳_도서출판 BG북갤러리
등록일자_2003년 11월 5일(제318-2003-00130호)
주소_서울시 영등포구 국회대로 72길 6 아크로폴리스 405호
전화_02)761-7005(代) | 팩스_02)761-7995
홈페이지_http://www.bookgallery.co.kr
E-mail_cgjpower@hanmail.net

ISBN 978-89-6495-089-0 03800

이 도서의 국립중앙도서관 출판시도서목록(CIP)은 e-CIP홈페이지
(http://www.nl.go.kr/ecip)와 국가자료공동목록시스템(http://www.nl.go.kr/
kolisnet)에서 이용하실 수 있습니다.(CIP제어번호 : CIP2016001984)

할머니와 함께하는
시낭송놀이

인지후·이한분 지음 / 이연우 그림

BG 북갤러리

행복했던 마음의 문을 활짝 열었어요 - 할머니

《할머니와 함께하는 시낭송놀이》

사람들은 어떻게 책을 내게 되었냐고 묻는다. 이 책을 펴내게 된 진짜 이유는 그냥 흘려버리긴 아까운, 손자와 할머니의 아름다웠던 추억의 시간을 한 권의 책 속에 고이 담아두고 싶었기 때문이다.

필자는 문인도 시인도 아니다. 그냥 자연을 좋아하다보니 시낭송을 유난히 좋아하게 되었고, 어떤 사물을 보고 그 느낌을 즉흥 자작시로 만들어서 낭송하는 것을 좋아한다.

어느 날 '바다'라는 시를 낭송하고 있던 내게 옆에서 놀고 있던 손자가 문득 이런 말을 했다. 계속 반복해서 읽어달라고. 한 시간 정도 그 시를 읽어주었다. 지후는 그 시를 듣고 좀 슬픈 기분이 든다며 자기도 낭송을 해볼 테니 들어보라고 했다. 그 조그만 녀석이 어려운 시를 완벽하게 외우고 감정을 실어서 낭송을 하는 것을 보니 기특했다.

'조약돌' 시를 또 읽어 주었다. 그리고 '조약돌' 시를 듣고 상상을 해서 그림도 그려보았다. 그 후로 지후랑 나는 시에 대해서 관심을 더 갖기 시작했다. 그 다음날 지후가 유치원 선생님 앞에서 시낭송을 한 모양이다. 선생님이 지후 엄마에게 전화를 해서 아이가 시낭송을 잘한다고 칭찬을 해주셨다고 한다.

지후는 어려서부터 할머니가 시낭송하는 것에 익숙해졌고 6세 때부터 본격적으로 자작시를 지으며 함께 시낭송놀이를 했다. 그렇게 2년여 동안 우리는 만나면 으레 시낭송놀이를 하곤 했던 것이다. 언제 어느 곳에 있어도 즉흥시를 지어서 시낭송을 하고, 느낌을 서로 주고받고, 칭찬이나 지적도 하고, 못하면 잘하라고 용기도 주었다. 지후가 할머니를 지적하는 것을 보면 제법이다.

"지금까지 시낭송한 것을 책으로 만들어서 다른 아이들에게도 도움을 주면 어떨까?"
어느 날 지후에게 넌지시 물어보니 지후도 아주 좋은 생각이라고 좋아했다. 책 제목도 서로 곰곰이 의논한 끝에 《할머니와 함께하는 시낭송놀이》로 결정했다.

시낭송놀이는 결코 어려운 놀이가 아니다. 주위를 둘러보면 이 세상에 존재하는 모든 것들이 놀이이자 놀이터 그리고 놀이기구가 될 수 있다. 그러면 아이들은 언제 어디서나 재미있는 시낭송놀이를 통해서 생각이 쑥쑥 자랄 것이다. 이런 시낭송놀이의 특별한 교육적 가치를 통해서 지후를 비롯한 우리 아이들이 감성이 풍부하고, 인성이 반듯하고, 건강한 아이들로 성장하기를 간절히 바라는 할머니의 마음으로 이 책을 펴내게 되었다.

지후가 걱정을 많이 했다. 사람들이 책을 사서 읽어보고 내용이 재미가 없다고 생각하면 어떡하느냐고. 책을 재미있게 만들기 위해 우린 나름대로 최선을 다했는데 잘 모르겠다. 이 문제는 독자의 몫으로 넘겨야겠다.

끝으로 이 책은 손자와 할머니가 그동안 나누었던 시낭송놀이의 경험을 바탕으로 실제 사례를 엮은 것이다. 이 책을 읽는 독자들, 특히 할머니나 부모님 되시는 분들은 평생 교육시대를 맞이하여 본인의 다재다능한 재능을 귀여운 자녀들이나 손자, 손녀들에게 마음껏 펼치기를 간절히 바란다.

덧붙여 모든 놀이를 할 때는 반드시 인성교육을 밑바탕으로 하여 함께 이루어져야 한다는 것을 꼭 기억하시길 바란다.

− 2016년 초 겨울의 뒷산에서

시낭송놀이는 생각이 쑥쑥! - 손자

안녕하세요? 인지후예요. 저는 할머니 집에 놀러가서 시낭송놀이를 하는 것이 너무 재미있어요. 가끔 엄마가 지후는 터닝메카드놀이와 시낭송놀이 둘 중에 어떤 것이 더 재미있냐고 물어보면 항상 똑같다고 이야기해요. 그만큼 시낭송놀이도 재미있거든요.

그동안 할머니하고 시낭송놀이를 한 것을 책으로 만들었는데 이 책을 읽고 친구들이 너무너무 기절할 만큼 재미있었으면 좋겠고, 또 행복하고 즐거웠으면 좋겠습니다.

- 2016년 초 겨울의 뒷산에서

차례

1부 '시'에 아름다운 마음을 담았습니다

인지후 - 시

이한분 - 시

2부 부럽죠! 지후와 할머니가 서로 자랑을 합니다

3부 잠깐! 시낭송놀이는 가끔 약속이 필요합니다

4부 아하! 시낭송놀이는 단계가 필요합니다

1부

'시'에
아름다운 마음을 담았습니다

◆인지후 – 시
◆이한분 – 시

거미

거미가 기어간다
자꾸 귀여운 거미가

거미가 거미줄을 칠적마다
우리 집 창문에 거미줄을 그었다

거미가 좋다
사랑해 거미야

나무

나무야
너는 왜 이렇게 말이 없니
나무한테 물어보았다
하지만 나무는 아무 말도 하지 않았다

나무 위에 올라가
책 한 권을 다 읽어도
나무는 아무 말도 하지 않았다

하늘

푸르고 맑은 저 하늘
하늘 위에는
해님과 구름이 반겨주고
바람이 불어와
생긋생긋 웃으며 반겨주었다

돗자리를 깔고 앉아서
맛있는 간식을 먹고
하늘을 바라보면서
자동차를 타고
집으로 돌아왔다

집으로 돌아와서 창문을 열고
하늘을 바라보며 일기를 썼다

하늘을 바라보니
방긋방긋 웃고 있다

킥보드

킥보드는 경제적인 것과
속도 감각이 뛰어났다
자전거보다

킥보드는 어른 아이들이
모두 즐겨 찾는 놀이기구 중 하나이다

킥보드 하나면 어디든지 구석구석
쌩쌩 돌아다닐 수 있다

시냇물

시냇물에 발을 담그고 있었다
시냇물을 바라보며 생각을 한다

시냇물이 흐르는 곳을 따라서
내려가 보니 강가와 바다로 바뀐다

시냇물이 좋다
조개랑 신기하게 생긴 돌을 찾으며
깨끗하고 위대해서 좋다

이 모든 것을 일기에 담고 그림을 그렸다
시냇물아
사랑해

나뭇잎

나뭇잎은 계절마다 색깔이 바뀌지요
나뭇잎은 아주 조그맣지만
나뭇잎을 보는 생각과 마음은 끝도 없이 이어지지요

바람이 불어와 나뭇잎이 생글생글 웃어요
나뭇잎은 아주 소중하다고 생각합니다

나뭇잎은 세상에서
아주 중요한 곤충들의 집이자
신비로운 식물입니다

나뭇잎은 작지만 좋아합니다

수영장

수영장은 시원하고 상쾌하다
발가벗고 풍덩 안으로 뛰어든다

해님이 웃고 파도가 웃는다
그 모습을 보니 기분이 좋아진다

수영장에 몸을 담그고 생각을 했다
수영장은 왜 이렇게 사람들이 많을까
그리고 기분은 왜 좋을까

씨앗

작다
또 봐도 작다
아무리 보아도 작다

작다
또 봐도 작다
여전히 보아도 작다

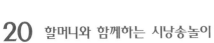

물통

시원하다
물통 안에는 시원하고
상큼한 물이 가득 들어있다

물을 따르면
물통 안에서 와르르르
물이 쏟아진다

물통도 나를 사랑한다
나도 사랑한다
물통아 고마워

대한민국

대한민국에
나의 가족과
친구들이 살고 있다
나도 대한민국에 산다

대한민국은 아주 작지만
세상에서 좋은 나라이다

대한민국은
내가 좋아하는 나라
대한민국은
나의 고향이자 집이다

야자나무

높다
아주 높다

야자나무는
엄청 크다

야자나무 위에는
열매가 있다

보기만 해도 높다
아주 높다

오리

오리는 꽥꽥 꽥 울고
헤엄을 거뜬하게 치면서
꽥꽥 울어댄다

발은 납작한 물갈퀴처럼 생겼다
그것이 바로 오리다

나보다 훨씬 다르게 생겼네

둥지

산책을 하다가 둥지를 발견했다
그 둥지의 주인은 까치의 둥지다

그때 갑자기 까치가 둥지로 왔다
까치가 알을 품고 있는 것을 보고
아기까치가 나오는 것을 구경했다

어
사람과는
애기 낳는 방법이 완전히 다르네

토마토

토마토는 케첩 같다
토마토는 축구공처럼 둥글둥글하다
토마토는 시원하고 맛이 좋다

내가 토마토 한 개를 먹으려고
포크로 힘을 주는 순간

앗
토마토 안에 빨간 물이
튀어나와서 토마토 얼굴이 되었다

엄마가 말했다
네가 토마토니

떡국

설날이 되어서
할머니 댁으로
떡국을 먹으러 갔다

저녁이 되어서
집으로 돌아와
엄마 아빠가
요리하는 것을 도와주었다

떡국을 먹으면
나이 한 살을
더 먹는다고 한다

그래서
떡국 한 그릇만 먹었다
나이 먹기 싫어서

추석 보름달

보름달은 크다
피자처럼 둥글다

보름달 속에는
계수나무 밑에서
토끼 두 마리가
떡방아를 찧는다

추석날 송편을 만들려고

비행기

창문을 열어 보니
크고 멋진 것이 날아가는 소리가 들렸다
하늘을 보니 비행기였다

엄마 아빠랑 제주도 여행을 가기로 한 날
공항에 도착해서 아침을 먹고
비행기를 탔다

장난감 비행기 2개를 샀다
하루 이틀을 자고 비행기를 타고
집으로 돌아왔다

수달

수달은 헤엄도 잘 치고 묘기도 잘 부린다
그래서 수달을 좋아한다

수달은 강가에 살며
자유롭게 수영을 한다

수달을 보러 한강으로 가서
수달을 타고 강가를 구경했다

모든 것을 마치고 집으로 돌아와
수달 생각을 했다

진짜 진짜 재미있는 하루였다

사막

아무것도 없다
아무리 보아도 아무것도 없다

하지만 사막엔 안 보일 정도로
많은 동물들이 살고 있다

사막의 모래알은 셀 수 없이 많으며
모래와 먼지가 반가이 맞이해준다

모기

밤새 모기가 윙윙윙
잠을 못 자게 방해를 한다

자고 일어나면
모기한테 물린 자국이
여기저기 얼룩져있다

다행인 것은
내 피를 다 빨아먹었으면
나는 죽었을 것이다
모기는 내피가 맛있는 가봐

고마워
모기야
맛있는 피를
조금 빨아먹어서

자동차

빠르다
자동차는 사람보다
확실히 빠르다

로켓보다 비행기보다는 느리다
하지만 로켓과 비행기는
땅에서 움직이지 않는다

자동차는 자전거보다 빠르다
자동차는 빠르고 편리해서 좋다

자동차야
사랑해

눈사람

눈이 내린다
눈이 내리면 눈사람을 만든다

눈사람은 동그랗고 아주 귀엽다
아주 아주 사랑해 눈사람아

숫자 8이랑 똑 같네

동화책

동화책은
읽을 때마다 재미있다

동화책을 보면
신비로운 마법 같다

왜냐하면 읽어도 읽어도
안 읽은 책이 많이 있다

동화책은 신비로워서
한 번에 읽는다

동화책을 읽으면
나도 모르게 졸음이 온다

고래

고래는 아주 거대하고
재미있다

바다에서 탐험가들이
고래 등을 타고 여행을 해요

고래는 사람이 타도 상관을 안 한다
바닷속에서 가장 온순한 동물이다

고래를 보러 수족관을 가보니
고래가 날 기분 좋게 반겨준다
반가워 고래야

색깔

색깔은 다양하다
색깔은 훌륭한 마술쟁이다

분명히 한 색깔인데
여러 가지 색을 섞으면 이상한 색이 된다

나는 집으로 돌아와 생각을 했다
색깔은 어떻게 만드는 것일까

소풍

해님 내일 꼭 나와 주실 거죠
나는 해님한테 물어보았다
해님을 초대해야 되기 때문이다

내일은 다 같이 소풍을 가는 날이다
친구들아
재미있게 놀자

내일은 소풍 가는 날이기 때문이다

기타

기타를 칠적마다
아름다운 소리가 들려온다

기타 소리는 랄랄라 딸딸딸
나도 랄랄라 딸딸딸 하면서
춤을 춘다

기타를 마구 때리면서
춤을 추다 들켰다

엄마는 소리를 지른다
기타 고장 나겠다
멈추지 못해

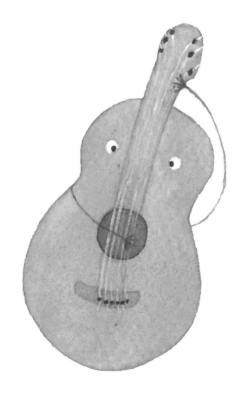

새

새는 짹짹 울면서
하늘을 비행한다

창문으로 새가
날아가는 것을 보았다

엄마 아빠와 산책을 하면서
새가 날아가는 것을
흉내를 냈다

그때
이 녀석
네가 날개달린
새야 비행기야
똑바로 걸어가지 못해

연필

연필로 그림을 그리다 지쳐서
침대 방에 가서 낮잠을 잤다
그리고 일어나 연필로 그림을 그렸다

연필을 구멍상자에 올려놓고
연필이 서 있는 것을 보고
나도 한 발로 서는 연습을 하다
그만 엉덩방아를 찧었다

그림일기장에 엉덩방아찧는 그림을 그렸다
유치원에서 그림일기 발표를 하다가
친구들이 웃어서 얼굴이 빨개졌다

삽

삽으로 땅을 판다
으라차차 강력하게 삽의 힘으로 땅을 판다

삽을 이용해 금방 땅을 팠다
땅을 파서 길처럼 만들었다

나는 힘이 떨어져 땅바닥에 드러누웠다
그때 엄마한테 혼났다

이 녀석
네가 땅에서 사는 돼지야
잠을 자려면 이층 방에 가서 자렴

목욕

목욕탕으로 몸을
씻으러 들어갔다
욕조에 물을 채우니
금방 수영장처럼 변했다

목욕탕에서 놀다가 나왔다
수건으로 몸을 닦고
거울 앞에서 세수를 했다

어
왜 거울 안에
내가 또 있지

너 누구야
진짜 나는 여기 있는데
혹시 투명인간

열쇠

갑자기 잠을 깼다
현관문 앞으로 걸어갔다

열쇠로 문을 여는 순간
열쇠 구멍에 열쇠가 끼어버렸다

열쇠를 빼려고 안간 힘을 썼다
그러다가 뒤로 와당탕 엉덩방아를 찧었다
엄청 아팠다

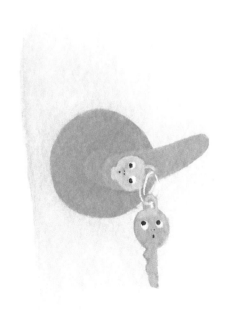

훌라후프

빙빙 아주
잘도 돌아간다
훌라후프는 내가 돌리면
회전을 잘한다

자동차 타이어처럼
잘도 돈다
그러나 혼자서는
돌아가지 못한다

훌라후프 돌리기는
너무 어렵다
힘을 주어서 놀리는 바람에
뒤로 자꾸 넘어진다

그러나 자꾸 일어나서
계속 돌리는 연습을 하면
훌라후프를 잘 돌린다

나도 훌라후프도
잘 돌아간다
빙글 빙글 빙글
신난다

줄넘기

줄넘기는 길다
언제나 보아도
동굴처럼 길다

줄넘기가 없어졌다
이리저리 찾는다

드디어 찾았다
저것이 줄넘기야
뱀이야

나는 정말 정말
헷갈렸다

다리

다리는 편안하고 좋다

사람들이 다리 위를

또박또박 소리를 내면서 걸어간다

다리는 무엇이랑 비슷할까

궁금했다

어

다리는 또 육교랑 비슷하네

구슬

동글동글
작고 아주 귀여운
구슬이 보인다

구슬을 눈에 대고
앞을 보니
그때 깜짝 놀랐다

구슬 안에 내가 있다
내가 구슬 속에
들어있다니
분명히 구슬 밖에
내가 있어야 하는데

왜
내가 구슬 안에
들어있을까

송편

떡떡 무슨 떡
만두처럼 둥근 떡

떡떡 무슨 떡
모자처럼 둥근 떡

무슨 떡일까
나는 궁금했다

엄마 아빠가
퀴즈를 낸 것이다
끝내 맞추지 못했다

갑자기 생각이 났다
송편

자전거

빠르다
바퀴가 앞으로
잘 돌아간다

자전거를 타면
진짜 재미있다

신나게 자전거를
타다 지쳐서
자전거에서
잠이 들었다

기우뚱 기우뚱하다
그만
와당탕 넘어져서
엉덩방아를 찧었다
잠결에 깜짝 놀랬다

도미노

탕탕탕 시끄러운 소리에
잠에서 일어났다

소리가 나는 쪽으로 가보니
도미노 소리였다

엄마 아빠가
도미노 게임을 하고 있었다

아빠가 세운 도미노 하나가 넘어지면서
따라서 넘어지는 소리가 시끄럽다

도미노게임은
끝말잇기 게임 같다

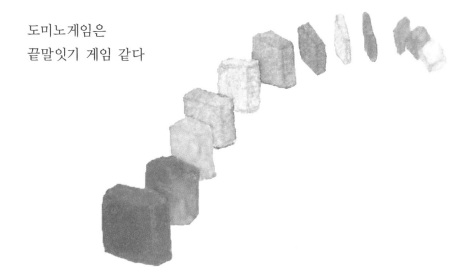

여름

봄이 지나고 나니

내가 좋아하는 계절 여름

밖에서 신나게 놀 수가 있어서 좋다

그래서 여름이 너무 좋다

겨울

펑펑 눈이 쏟아져요

눈이 오면 무슨 놀이를 할까

눈을 갖고 무엇을 만들까

숫자 8이랑 비슷한 사람은 무엇일까

그거야 식은 죽 먹기지

눈사람

비

뚝뚝
비가 온다

비올 때 함께 나오는
천둥소리

두꺼비와 달팽이도 나왔어요
비가 오면

오늘은 해가 안 떠요
비가 오는 날이에요

지렁이가 나와요
모두모두
장화를 신어요

해님 하나 달님 하나

바람처럼 불어오며
시계처럼 다시 날아가는
해님과 달님
끊임없이 바뀐다

바람에 나뭇가지가 흔들거리면
해님과 달님이 바뀌는 것
계절이 바뀌는 것과 같다

밤낮이 바뀌는 것하고
바람 속에
달님과 해님이 보인다

잘가요
모두모두
잘가요

오솔길

나는 산 속으로
걸어 들어간다
한참을 가보니
작은 오솔길이
반겨준다

오솔길로 가보니
오솔길이
오른쪽으로 간다
오솔길은
아주 좁고 길다

아무리 봐도
가물가물
보이지 않는다
나는
오솔길을
걸으며 생각했다

오솔길은
어디까지 이어졌을까

산소

산을 올라가 보면
산소가 많다

왜
이렇게 사람들이
많이 죽었을까

죽은 사람의 수는
얼마나 될까
나는 궁금했다

돌아오는 길에
생각을 했다
사람은 왜 죽을까

밤

떼구루루
어디서 오는 걸까
아주 작고 귀여운 밤이

산 속에서 또르르
굴러온다

밤이 어디서
굴러오는지
궁금했다

밤한테
물어보았더니
저 깊은 산 속에서
왔다고 얘기한다

집으로 돌아와
밤 생각을 했다
산 속의 밤은 얼마나
모여서 살고 있을까

산딸기

산길 넘어가면
잘 익은 산딸기가
모습을 보인다

산딸기는
새콤달콤하고 맛있다
한 번 먹으면
입속에서 살살 녹는다

산딸기는 맛있다
산딸기를 먹으면서
생각한다

산딸기는 왜
이렇게 맛있을까

내 집

의자 위에 앉아도
쇼파 위에 숨어도
여전히 내 집이다

침대 위에 누워도
목욕탕에서 샤워를 할 때도
여전히 내 집이다

해바라기 꽃

파도 따라
춤을 추는
해바라기

웃음 따라
흔들리는
해바라기

바람 따라
노래 부르는
해바라기

구름 따라
방긋 웃는
해바라기

비행기

비행기가 떠오른다
지붕 위로 올라간다

나무 위로 올라간다
구름 위로 올라간다

구름의 신호 따라
날아가는 비행기

해님과 이야기 나누며
날아가는 비행기

비행기가 날아가요

얼음

얼음 한 개가
쪼르르르 굴러온다

그러다가
커다란 덩어리에 부딪혀
두 개로 변한다

그 두 개가 굴러가다가
철망에 부딪혀
네 개로 흩어졌다

흩어진 얼음들이
코너를 돌아 다시 부딪히자
여덟 개로 변했다

여덟 개의 얼음들은
네 개씩 반으로 흩어져
물통에 풍당 떨어진다

목욕탕

목욕탕으로 퐁당 들어가서
비누 목욕을 합니다

물로 마구마구
장난을 칩니다

그러다가
엄마한테 혼납니다

네가
무슨 수영장의 범고래야

시낭송놀이

시낭송놀이는
진짜진짜 재미있는 놀이

우리의 생각과 마음이
쑥쑥 자랍니다

시낭송놀이는
감성이 풍부한 놀이

창의력과 어휘력이 뛰어나
발표력과 자신감이 생깁니다

시낭송놀이는
아름다운 마음을 만들어줍니다

거미

거미가 거미줄을 치며
재미있게 놀고 있다

벌레들은 놀러 와서
재미있게 거미줄 그네를 탄다

벌레들은 정신없이 놀다가
거미줄에서 그대로 잠을 잔다

나무

나무야
너는 왜 하루 종일 서있니
나무한테 물어 보았다

나무는
아무 말도 하지 않았다

나무는
나를 보고 웃으면서
또 아무 말도 하지 않았다

하늘

푸른 하늘엔 해님이 생긋
나도 따라서 생긋 웃어요

뭉게구름을 타고 해님이
방긋방긋 웃으며 놀러 다녀요

해님
저도 구름타고 놀러가고 싶어요

킥보드

킥보드를 타고
씽씽 잘 달린다

분명히 옆에 있었는데
눈앞에서 사라진다

아주 멀리

지후야
부르면
쏜살같이 달려와
깜짝 놀래킨다

잠시 후
킥보드를 타고 눈앞에서
멀리 사라진다

손을 흔들며
안녕

시냇물

시냇물이 흐르는 소리
졸졸졸 재미있어요

시냇물아
흘러서 어디로 가니
시냇물이 따라오라고 한다

한참을 따라가 보니
강물을 지나
큰 바다가 나온다

음
알겠다

시냇물은 흘러서 바다로 가고
나는 집으로 가고

시냇물아
사랑해
잘 가

나뭇잎

나뭇잎은 계절마다
예쁜 색깔로 옷을 갈아입어요

나뭇잎 위에 벌레는 집을 짓고
먹이는 나뭇잎이래요

나뭇잎 위에 벌레가 앉아서
바람이 불면 시소를 타요

나뭇잎은 살랑살랑 춤을 추고
벌레는 무서운가봐

수영장

수영장은 신난다
아주 신난다

물속에 풍덩 풍덩
재미있게 돌아다닌다

그러다 수영장 물을
꿀꺽꿀꺽 마시면
엄마가 방긋 웃으며

이놈아
그 물은 더러워
마시면 안 돼

큰소리치시면
물속으로 쏙 들어간다

씨앗

고추는 하나

그 안에 씨앗이 가득

셀 수가 없다

씨앗이 너무 작아서

씨앗은 귀엽다

물통

목이 마르다

물을 꿀꺽꿀꺽 마시면
물맛은 꿀맛이다

여름엔 시원한 물
겨울엔 따뜻한 물

물통은 신기하다
물통아
고마워

대한민국

대한민국 지도는 토끼모양

가운데는 삼팔선

아주 작은 나라

살기 좋은 나라

대한민국이 자랑스럽다

야자나무

야자나무는
너무 높아서
쳐다보면 어지럽다

키가 작으니
열매를 딸 수가 없고

아하
좋은 생각이 났다
나무 위로 올라가면 된다
원숭이처럼

오리

오리는 엉덩이가 커서
뒤뚱뒤뚱하고 걷는다

오리 앞에 가서
뒤뚱뒤뚱 걸으면

엄마는
네가
오리엄마야라고 하신다

오리는 꽥꽥 꽥 울고
오리를 따라가면서
꽥꽥 꽥 흉내를 내면

엄마는
네가
오리새끼야라며 놀리신다

둥지

나무 위에 작은 둥지

많은 새 중에
누구의 집일까
궁금했다

그때
갑자기 까치가 날아와서
둥지 안으로 쏙 들어간다

아하
까치 둥지였구나

토마토

토마토는 먹음직스럽다
한 입 덥석 물으니

토마토물이 물총처럼 솟아올라
토마토로 세수를 한다

얼굴엔 토마토 물방울
옷도 울긋불긋

입으로 맛있게 냠냠냠
얼굴엔 웃음이 가득합니다

별 숫자놀이

밤하늘에 별이 가득

별 하나
나 둘
별 셋
나 넷
별 둘
나 다섯
별 여섯
나 셋

헷갈린다
어느 별을 세었는지

또 다시 세어도
마찬가지
별 숫자놀이는 너무 어렵다

비탈길

조심조심
거북이처럼 엉금엉금
기어 올라간다

몇 발자국 옮기면
쪼르르 미끄럼 타듯이
내려온다

다시 엉금엉금
비탈길을 올라가
정상에 도착했다

뒤를 돌아보니
할아버지가 엉덩이를
받쳐주고 있네

비탈길은
혼자서 올라갈 수 있는데
조금은 속상했다

아카시아 꽃

아카시아 꽃 향기가
바람을 타고 날아다닌다

꽃향기를 찾아서
구불구불 산길을 따라 찾아간다

드디어 아카시아 나무 밑에서
꽃향기를 맡아 본다

꿀을 빨아먹으니 배가 부르다
오늘의 간식은 꿀맛이다

도토리

산길을 걸어가는데
툭하고 머리 위에 떨어졌다

아주 작고 귀여운
도토리가
떼굴떼굴 굴러서 수풀 위에 앉았다

귀여운 도토리는
다람쥐 밥인데

점심시간에 찾기 쉬우라고
돌 위에 살며시 올려놓았다

집으로 돌아오면서
갑자기 도토리묵 생각이 난다

나무

나무는 키가 크다
어떻게 하면 키가 클까

밥을 많이 먹고
나무 밑에 가서 키를 재본다

나무가 훨씬 크다

나무는 키다리아저씨
나는 꼬마아저씨

바람개비

바람이 분다
어디서 불어오는지

바람개비는 쏜살같이 알고

팔랑팔랑
혼자서 잘도 돌아간다

나도 한 번 돌아보니
안 돌아 간다

바람개비는
어떻게 알고 돌아갈까

신기하다
아빠한테 물어볼까

코스모스

코스모스는 너무 말랐다
살이 없어서
날씬하다

고추잠자리가
코스모스 위에서 춤추는
모습이 너무 귀엽다

나도
따라서 춤을 춘다
아주 귀엽게

콩놀이

젓가락으로
콩 옮기기 놀이를 할 때
집중력이 필요합니다

젓가락으로
콩을 옮기는 일은
인내심을 갖고 천천히

콩놀이는 어렵지만
정성을 다하면
콩놀이는 재미있다

바다

바다는 신나는 놀이터

갈매기는 노래를 부르고
물고기도 덩달아 헤엄을 치고
파도는 넘실넘실 춤을 춘다

사람들은 수영을 하고
수상스키도 타고
바다는 신나는 놀이터이다

해

둥근 해가 떴다
유치원 갈 시간이다 하시면서
엄마는 빨리 일어나라고
흔들어 깨운다

잠은 조금밖에 못 잤는데
아침은 너무 일찍 찾아왔다

벌써 해는 넘어가서
놀이터는 캄캄하다
놀지도 못했는데
해가 넘어가니 아쉽다

해님
낼은 친구들하고
많이 놀게 해 주세요

해님
낼 늦게 나오세요
늦잠을 자고 싶어요

바람

바람이 분다
어디서 불어오는지

바람을 잡으러 여기저기
돌아다녀도 바람은 없다

앉아서 생각을 해 본다
분명히 바람이 있어서
머리카락이 휘날리는데

바람은 어디서 살까
바람은 요술쟁이

구름

구름이 둥실둥실

솜구름은 뭉게뭉게

하늘 위에서 놀고 있다

구름을 보고 있으면

달콤한 솜사탕이 먹고 싶다

김밥

먹음직스러운 김밥
접시 위에 예쁘게 담고
할머니가 부르신다

지후야
김밥 먹어

김밥을 입안에 넣는 순간
제일 싫어하는 것이
김밥 속에 다 들어있네

속았다
김밥한테

부채

아휴
덥다 더워

할머니가 부채를 주신다
부채질을 하니 팔이 아프다

누워서 부채질을 하다
깜빡 잠이 들었다

잠결에 일어나보니
할머니가 부채질을 하고 계신다

분명히 자기 전에
내가 부채질을 했는데

할머니 팔이 많이 아프시겠다

눈

흰 눈이 내리니
너무 예쁘다

엄마가 마중을 나와서
우산을 씌워주신다

나는 싫다
눈을 맞으면서 걷고 싶은데

어른들은
아이들의 마음을 모른다

눈은 매일
오는 것이 아닌데

그래서
속상하다

안경

할머니가 안경을 벗고 주무신다
몰래 안경을 써보니 어지럽다

한 걸음도 걷지를 못하고
바닥에 쿵하고 넘어졌다
할머니가 놀라서 일어나셨다

나는 더 깜작 놀라서
그만 안경을 깔고 앉았다
누워서 잠자는 척했다

한참 후
할머니는 웃으시면서
이제 그만 자고 일어나
저녁 먹자 하시며
지후야
부르신다

시골

시골은 싫다
놀이동산도 없고
아무것도 없어서
재미가 없다

시골의
벌레들은 친구가 많다
나는 친구가 없는데

벌레가 부럽고
내 집에 가고 싶다
심심해서

야채

제일 싫어하는 야채
할머니는 야채로 요리를 잘 하신다
뚝딱뚝딱 요리하는 시간

잠시 후
지후야
맛있는 간식 먹으렴

맛있게 먹으면서
싫어하는 야채를
손으로 슬그머니 빼낸다

들키면 안 그런 척
맛있게 먹는 척
벌써 빈 그릇이다

똥

갑자기 배가 아파서
화장실로 달려가자마자
방귀소리가 요란하다

갑자기 힘을 주니
똥구멍으로 똥이 쑥 나온다
배가 시원하다

잠시 후
지독한 냄새가 진동을 한다

이상하다
입으로 맛있는 음식만 먹었는데

똥은
왜 냄새가 지독할까

모자

모자는 요술쟁이

햇볕 때문에
눈을 뜰 수가 없다

할머니가
모자를 씌워주시니

모자 덕분에
마음대로 걸을 수가 있다

할머니
모자는 햇볕 가리개 맞죠

분수

물이 솟아오른다
공중으로 아주 높이
시원하게 물이 솟아오른다

어디서
물이 솟아오를까

물줄기를 따라 내려가니
분수는
수돗물에서 솟아오르고

이것은
애기가 누워서
쉬하는 거랑 똑 같네

엄마

엄마는 진짜 예쁘다
얼굴엔 상냥한 미소가 가득
긴 머리가 찰랑찰랑 빛나고
마음씨도 천사 같다

가끔은
악마처럼 무섭다
진짜 무섭다

혼날 때는
다른 엄마 같다

엄마의 마음은
알 수가 없다

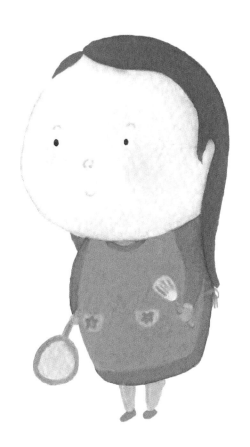

미용실

거울 앞에 앉았다
가위로 싹둑싹둑
머리카락을 자르는 소리

그 소리에 귀를 다칠까봐
무서워서 눈을 감고 있었다

한쪽 눈을 살며시 떠보니
거울 속에 멋지게 변신

두 눈을 크게 떠보니
더 깜짝 놀랐다

거울 속에 멋진
내가 앉아있다

땅콩

알아 맞춰보세요

뿌리를 뽑으면 주렁주렁 달렸어요

눈사람같이 생겼어요

숫자 8처럼 생겼어요

안에는 씨앗이 2개가 들어있어요

곰곰이 생각을 해보니

아주 쉬운 문제

땅콩입니다

신발

모래밭에서 신발은 귀찮다
맨발로 뛰어다니면 좋은데
신발을 신으라고 한다

좋은 생각이 떠올랐다
신발을 모래 속에 감춰놓고
신발 찾는 게임을 한다

맨발로
정신없이 놀다보니
진짜 신발을 잃어버렸다
엄마가 부르신다
신발은 어디에 숨어있을까
빨리 찾아야 하는데

새싹

돌멩이 밑으로
새싹이 얼굴을 내밀고 있다

돌멩이를 얼른 치워주니
새싹이 웃으면서
반겨준다

새싹을 살며시 만져보니
아기 손처럼 보드랍다
나도 새싹인데

가을

가을엔 먹을거리가 풍성해요
사과 배 감 귤 밤
과일이 주렁주렁 달려있다

벼가 노랗게 익어서 고개를 숙이고
허수아비는
새를 쫓느라고 정신이 없다

나는 맛있는 과일을
먹느라고 정신이 없다

가을엔
허수아비와 나는 바쁘다

누룽지

맛있는 누룽지
고소한 누룽지
제일 좋아하는 간식

책을 읽으면서
누룽지를 먹으면
입이 즐거워서
콧노래도 흥얼흥얼

나도 모르게
빈 그릇에
자꾸만 손이 가는
누룽지

또
먹고 싶다

오이

오이 밭에 오이가
길쭉길쭉 늘씬하게
주렁주렁 달려있다

제일 큰 오이
작은 오이
더 작은 오이
오이넝쿨에 매달려서

오이들이 키 자랑을 한다
누가 더 클까

허수아비

허수아비는 벌을 받고 있는 중
무슨 잘못한 일을 했나
궁금하다

유치원에서 친구들이 잘못해서
선생님이 벌을 주시면
팔이 많이 아프다

허수아비야
팔이 많이 아프지
선생님 말씀 잘 들어

오줌싸개

잠을 자는데 무서운 꿈을 꾸었다
잠결에 이상해서
슬그머니 이불 밑을 만져보니
잠옷이 다 젖었다

큰일 났다
할머니한테 혼날 생각을 하니
정신이 번쩍 들어서
얼른 옷을 갈아입고 그대로 잔다

할머니는 귀신이다
아침에 일어나자마자
○○○는
간밤에 오줌 쌌지라고 말씀 하신다

할머니께서 하루 종일
○○○는 오줌싸개
하면서 놀리시면
조금은 창피하다

나비

나비는 너울너울 춤을 추며
바람을 타고 날아가서
아름다운 꽃들과 만난다

그리고 귀여운 벌레도 만나고
숲속의 요정처럼 살랑살랑
춤을 추면서 날아다닌다

나는 기분 좋을 때만 춤을 추는데
나비는 언제나 춤을 추니
기분 좋은 일만 있는가봐
나비가 부럽다

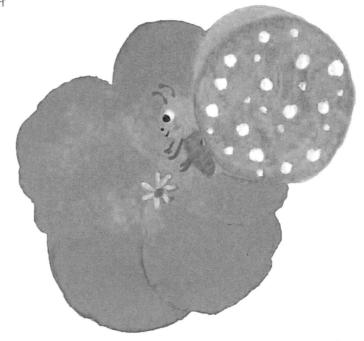

대나무

대나무는 매끄럽고
이리저리 만져도 보드랍고
껍데기는 윤기가 흐른다

대나무는 세수를 잘하고
목욕을 깨끗이 해서
피부가 좋은가봐

나도 목욕을 하면
얼굴이 깨끗하고
피부가 매끈매끈하며 보드랍다

그럼
대나무랑 나랑 닮았네

개미

개미네 가족은 많아서
옹기종기 모여서 산다

우리 집은 세 식구뿐인데
개미네 가족이 부럽다

개미네 가족은 소풍을 간다
한 줄기차를 타고

돌아올 땐
입에 먹이를 물고 돌아온다

열심히 일을 하기 때문에
개미네 집은 부자다

연

하늘 높이 연이 날아간다
바람을 타고 꼬리를 흔들며
눈앞에서 희미하게 사라진다

연처럼 날아가고 싶다
바람을 타고 꼬리를 흔들며
아주 높이 날아가고 싶다

잔디밭에 앉아서
멍하니 하늘만 바라보고
연아
안녕
잘 가

솜사탕

입안에서 살살 녹아요
꿀처럼 아주 달콤한 솜사탕

솜사탕을 입에 넣고 있으면
사르르 녹아서 없어져요

커다란 솜사탕을
조금씩 아껴서 먹었는데

막대기만 남아서
속상해서 눈물이 나온다

군고구마

고구마를 불 위에 올려놓고
할머니의 옛날이야기를 들으면서
기다리고 있다

지금은 고구마가 변신 중
조금 후에
코가 벌렁벌렁
군고구마 냄새가 난다

군고구마는
겉은 까맣고 속은 노랗다
맛있는 호박고구마다

크게 한 입 덥석
앗
뜨거워

군고구마가 나를 속였다
이렇게 뜨거울 줄 몰랐지
눈물이 핑 돌았다

거울

거울은 바보 .
나만 따라서
흉내만 냅니다

춤추고
노래 부르고
웃고
찡그리고
울고

거울은 바보
나만 따라서
흉내만 냅니다

냉장고

냉장고는 작지만
먹고 싶은 음식이 가득 있다

시원한 음료수
맛있는 반찬
좋아하는 과일
아이스크림이 가득 있다

한마디로
우리 집 냉장고는 백화점이다

쓰레기통

쓰레기통은 청소부입니다

여기저기 떨어져 있는
오물
휴지
먼지를
쓰레기통에 버리면
먹어버리기 때문에

쓰레기통은 청소부입니다

집

엄마가 보고 싶다
아빠가 보고 싶다
예삐가 보고 싶다
자꾸 보고 싶다

집에 가고 싶다
혼자서는 갈 수가 없다
참아야 한다
눈물이 나온다

아빠가 올 때까지
기다려야 한다

아빠

아빠는 멋쟁이
키도 크고
힘도 세다

아빠 옷을 입고
흉내를 내면
아빠는 웃으면서
지후아빠 하면서 놀린다

아빠놀이는 재미있다

2부

부럽죠!
지후와 할머니가 서로 자랑을 합니다

하나 : 지후는 감성이 풍부한 아이입니다

　지후는 현재 8세 된 남자이며 또래 중에서 키가 좀 큰 편에 속한다. 유치원에서는 인기가 많은 편이다. 단점은 살짝 잘 토라진다는 점인데 그것 또한 지후의 매력이다. 그리고 지후는 끊임없이 말을 하는 습관이 있다. 잠자는 시간만 빼고 항상 입에 말을 달고 산다. 아마 지후의 에너지는 '말'로 소비를 다 한다고 해도 과언이 아닐 것이다.

　지후의 장점은 말도 예쁘게 하고 감성이 풍부하다는 점이다. 예를 들어 식탁에 모여서 밥을 먹을 때 "갈비 맛이 어때?" 하고 물으면 "갈비가 너무너무 맛있고, 쫄깃쫄깃하며, 입에서 살살 녹는 것 같아요. 너무너무 맛이 좋아. 그리고 간이 딱 맞아요."라고 대답한다.

　이렇게 말을 하니 주변 사람들은 아이가 말을 너무 예쁘게 하고 감성이 풍부하다고 칭찬을 해주곤 한다.

지후네 가족은 세 식구인데 엄마, 아빠가 모두 직장에 다니고 있다. 엄마, 아빠는 물론 친가와 외가의 사랑을 듬뿍 받으면서 잘 자라고 있다. 지후의 이야기를 더 하자면 지후는 거의 세 살 넘을 무렵 말문이 트였는데 특이한 것은 처음부터 '문장'으로 말을 하기 시작했다는 점이다. 외삼촌의 증언에 의하면 분명 아침까지 말을 못하던 녀석이 저녁에 퇴근해서 집에 왔는데 "찬바람 들어와. 창문 닫아." 하며 완벽한 문장으로 말을 하는 걸 보고 깜짝 놀랐다고 한다.

엄마, 아빠는 지후에게 따로 글자 공부를 시키지 않았다. 때가 되면 자연히 알게 될 것이고 너무 어릴 때부터 아이에게 부담을 주지 않겠다는 이유 때문이었다. 그 대신 직접 육성으로 많은 책을 읽어주었다. 엄마, 아빠가 읽어주는 수십 권의 책 내용을 들으면서 지후는 책 속에서 넓은 세상을 간접 경험하고 만났을 것이다.

지후는 글자를 모르는 대신 상상력, 기억력, 암기력, 관찰력, 집중력이 발달해서 책을 읽어 주면 그걸 집중해서 듣고 책을 통째로 암기하곤 했다. 그림을 보고 이야기 꾸미기를 좋아했는데 그로 인해 풍부한 어휘력은 물론 감수성이나 지혜가 쑥쑥 성장을 하는 데 책이 많은 도움을 주었다. 어쩌면 지후에게는 글자를 늦게 깨우친 것이 오히려 많은 도움이 되었는지도 모른다.

또한 지후의 부모는 아이와 함께 국내, 해외여행을 많이 다녔다. 그러면서 실제로 보고 듣는 모든 것을 몸소 체험할 수 있도록 지도해주었다. 이것은 살아있는 교육 방법이며, 부모의 교육철학이었다. 책 속에서 본 것을 현장에서 실제로 만나서 직접 만지고, 보고, 느끼고, 오감경험을 할 수 있도록 환경 제공을 해주었다. 이것들이 지후의 머릿속에 담겨 있다가 시낭송놀이를 하는 데 기본 바탕이 되어서 적잖은 도움이 되었다.

지후는 여섯 살이 넘도록 까막눈이었다. 어느 날 유치원에서 선생님이 전화를 하셨다고 한다. 다른 친구들은 책을 잘 읽고, 쓰고 하는데 지후만 못하니 아이가 스트레스를 조금 받는 것 같다고. 이제 지후도 여섯 살이 넘었으니 집에서 글자 공부 좀 지도를 해야지 않겠냐고. 이 말을 듣고 지후 부모는 조금 창피했다고 한다.

"지후는 어느 날 심봉사처럼 글눈이 확 뜨일 것이니 걱정하지 마라."

나는 이렇게 농담처럼 말했지만 언제나 느긋하던 지후의 엄마, 아빠도 그때만큼은 조금 걱정이 되었던 모양이다.

'이러다 우리 아이만 바보 취급받는 거 아닌가?' 하는 생각에 아이한테 글자를 몰라서 스트레스 받느냐고 물어보았지만 지후는 천진한 얼굴로 "글자가 뭐야?" 그러면서 유치원에서 자기가 공부를 제일 잘 한다고 당당하게 말했다고 한다. 엄마도 그런 모습을 보면서 "그래 지후야, 지금처럼 재미있게 유치원 잘 다니고 초등학교 들어가기 전까지만 글자를 알면 된다." 하며 그냥 웃고 말았다고 한다. 지금도 지후는 너무나 신나고 당당하게 유치원을 잘 다니고 있다. 이런 아이에게 더 이상 무슨 말이 필요하겠는가.

그런데 어느 날 지후가 엄마에게 이런 질문을 했다.

"엄마는 글자를 알고 책을 읽는 거예요? 아니면 엄마도 지후처럼 외워서 그림 보고 책을 읽는 거예요?"

엄마는 옛날부터 글자를 알고 있었다고 하자마자 지후가 엄마는 글자공부도 하지 않고 글씨를 읽을 줄 아니 정말 똑똑한 것 같다고 해서 한바탕 웃었다고 한다. 엄마도 자기처럼 글씨를 모르는 줄 알았던 모양이다. 아이들의 생각은 이렇게 단순하다. 내가 알면 상대방도 알고 내가 모르면 상대방도 모른다고 착각을 하는 것이 얼마나 순수한가.

지후는 우리 집에 가끔씩 올 때마다 새로운 것을 배웠다며 자랑을 한다. 사람은 아는 것만큼 보이고 아는 것만큼 힘이 생긴다. 힘은 배움에서 오는 것이며 배운 것을 표현(말)할 때가 가치가 있는 것이다. 지후도 세상을 조금씩 알아가면서 힘이 생기는 것 같다. 지후는 할머니네 집에 와서 뒷동산과 희망공원에 가서 시낭송놀이와 운동할 때가 진짜 진짜 재미있다고 한다.

둘 : 할머니는 '시낭송놀이'를 좋아합니다

나는 평상시에 말하는 것을 좋아한다. 지후와 비슷한 점은 말하는 것을 좋아하며 말을 예쁘게 잘한다고 칭찬을 주로 듣는 편이다. 그리고 상대방 칭찬을 기분 좋게 잘해준다.

나는 평상시 말하는 습관을 중요하게 생각하는 사람이다. 특히 아이들은 부모님의 말하는 습관과 주변 환경을 그대로 본받기 때문에 아이를 가진 부모님은 항상 말을 조심해야 한다. 아이가 건강하게 자랄 수 있도록 어렸을 때부터 가정환경을 잘 만들어줘야지 성인이 되어서도 어릴 때의 영향이 그대로 아이에게 미친다. 부모님은 자녀의 거울이며, 어렸을 때의 말하는 습관은 평생을 좌우할 수도 있다.

지후는 갓난아기 때부터 우리 집에 자주 와서 있었는데 한 번 할머니 집에 오면 며칠씩 놀다가곤 했다. 아이와 놀면서 많이 웃어주고 그랬더니 지후가 말을 시작하면서 자연스럽게 하는 말이 외할머니는 참 잘 웃는다고 '하하 할머니'라는 이름으로 불러주었다. 그 어린 녀석이 할머니가 잘 웃는 걸 알고 '하하 할머니'라고 불러주는 것이 참으로 고맙고 감사하다. 그리고 뒷산에 올라가면서 시낭송을 하니까 어느 날 지후가 '시낭송 선생님'이라는 호칭도 지어주었다. '하하 할머니', '시낭송 선생님', '대화학교 선생님.' 지후는 상황에 따라 다르게 부른다.

지후 엄마가 전화를 했다. 이번 휴가 때도 지후를 데리고 또 놀러가라고 한다. 문득 전에 지후 엄마가 유치원에서 여름방학을 하면 어디에 맡길 곳이 없다면서 걱정하던 모습이 떠올랐다. 평상시도 그렇지만 특히나 휴가 때는 어쩔 수 없이 돌봐주어야 하는 형편이라 언제나 지후는 휴가철이면 나와 함께 한다. 지후 엄마한테 이번 휴가 때는 지후를 데리고 가서 숫자공부를 완벽하게 지도를 할 터이니 지후 특별 과외비로 '백만 원'을 달라고 했다. 딸은 웃으면서 "엄마는 손자를 그냥 가르쳐 줄 수도 있지, 과외비를 받는 사람이 어디 있느냐"고 야단이다. 그래도 공과 사는 분명히 해야 책임을 지고 가르쳐주지 않겠느냐고 했더니, 딸은 알았다고 말만 하고는 여태까지 과외비를 주지 않아 지금도 기다리는 중이다. 언젠가는 주겠지 하는 마음으로……

계획은 이랬다. 지난 2014년 여름휴가 때 가칭 '대화학교'를 만들었고, 휴가를 같이 간 막내 동생 부부까지 모두 다섯 명으로 멤버가 구성되었다. 휴가를 떠나기 전에 모두 모여서 휴가 계획을 철저하게 세웠다. 일주일 동안 지후를 데리고 가서 숫자공부는 확실하게 지도할 테니 걱정하지 말라고 장담을 했기 때문이다. 그리고 대화학교 학생들이 투표를 해서 선생님은 할머니, 반장은 지후 그리고 나름의 임원진도 구성되었다.

대화학교 학생들은 규칙적으로 하루에 한 시간씩 수업을 세 번 진행했고, 수업시간에는 발표 시간도 포함되었다. 그리고 밥을 먹을 때도 숫자놀이, 놀러가서도 숫자놀이, 간판에 전화번호 알아맞히기, 차량번호를 보고 숫자 맞추기, 차 번호 옆에 있는 가나다라 알아맞히기 등 다양한 놀이를 통해서 숫자 지도를 했다. 결국 이틀 만에 엄마, 아빠의 전화번호를 숫자로 쓰고, 외우기까지 확실하게 지도를 했다. 이 소식을 듣고 주변의 사람들이 다들 깜짝 놀랐다. 하지만 놀라는 사람들이 이상한 것이지 지후에게는 당연한 일이었다. 왜냐하면 그동안 지후의 머릿속에 차곡차곡 쌓였던 기억들을 살짝 꺼내는 작업만 한 것이기 때문이다.

지나고 나서 돌아보니 지후 덕분에 대화학교가 무척이나 재미있었고 휴가 기간 동안 잊지 못할 아름다운 추억도 만들었던 것 같다. 대화학교 1기 수료식 날 소감 발표도 하고 파티도 열렸던 일들이 대화학교 모든 학생들한테는 아름다운 추억으로 남을 것이며, 먼 훗날 추억의 앨범을 펼치면서 그 순간을 그리워하게 될 것이다. 대화학교 1기는 2014년 8월에 강원도에서 열렸고, 2기는 2014년도 태국, 3기는 2015년도 11월에 일본으로 다녀왔다. 대화학교 모임은 지후 말대로 진짜 진짜 재미있는 모임이다.

2015년 1월 연휴기간에 있었던 일이다. 이제 막 일곱 살이 된 지후는 우리 집에 놀러 와서 3일 만에 내 나름의 교육방법으로 밑받침이 없는 글자, 받아쓰기까지 확실하게 배웠다. 주변에 있는 사람들은 3일 만에 글자를 깨우쳤다고 야단법석이다. 지후한테는 별일도 아니고 당연한 일인데…… 숫자 때와 마찬가지로 그동안 머릿속에 쌓아둔 기억 위에 이 글자가 '가', '나' 하고 제시만 해준 것뿐이다.

지후가 글자를 또래보다 늦게 깨우친 것도 다른 부모들처럼 일찍 숫자와 한글을 가르치지 않았기 때문이다. 지후의 부모는 그저 학교 들어가기 전까지만 터득하면 된다는 생각을 갖고 있었기 때문에 어릴 때부터 숫자나 글자를 가르치려는 시도를 하지 않았다. 하지만 지후가 일곱 살이 되니까 신기하게도 너무나 자연스럽게 터득을 하게 된 것이다.

외국은 취학 전까지는 글자 지도를 금한다고 한다. 자연과 어울리고, 놀이와 교구를 통해서 배우고, 친구들과 어울리고, 놀이를 통해서 스스로 체득을 하면서 배운다고 한다. 아이들은 놀이가 일이고 모든 것을 놀이를 통해서 학습을 하면서 배워나가는 것이다.

초등학교 들어가기 전까지는 전인교육으로 신체와 두뇌를 골고루 발달시켜야 한다. 지후도 때가 되니까 자연스럽게 받아들이고 습득을 한 것이다. 결국은 글자를 일찍 알았다고 천재도 아니고, 글씨를 늦게 깨우친다고 바보도 아니고, 그저 글자를 조금 일찍 알고 조금 늦게 알았던 것의 차이일 뿐이다. 글자는 취학 전에 자연스럽게 터득하는 것이 좋은 방법인 것 같다. 아이들이 성장할 때는 학습 때문에 스트레스를 받지 않고 건강하게 성장하는 것이 제일 중요하다.

지후가 외할머니 집에 놀러 오면 산에 자주 놀러 간다. 아장아장 걷던 세 살 때부터 산에 데리고 다녔는데 그때는 수도 없이 넘어지기도 하고, 중간 중간 할아버지가 업고 다니기도 했다. 하지만 지금은 지후도 일곱 살이 되어서 세 시간씩 돌고 내려와도 거뜬하게 산행을 한다. 지름길, 비탈길, 오솔길, 험한 길 등을 잘도 찾아서 다니며, 산소를 보면 '누구의 무덤이며 왜 죽었을까?' 하고 궁금해 하기도 한다. 산길을 지나가는 동안 아카시아 나무를 보면 꿀 빨아먹던 이야기를 하고, 여름철 산딸기가 있던 곳이며, 걷다 힘들어서 쉬었던 곳, 간식 먹었던 자리 등등

곳곳마다 쌓여있는 지나간 추억들을 기억하며 이야기한다.

이제는 산 코스를 제대로 알고 있어서 앞장서서 간다. 그리고 할머니는 뒤에 따라서 오라고 한다. 그러면 지후의 뒤를 졸졸 뒤좇아서 간다. 조금 컸다고 할머니 앞에서 안내를 하는 꼴이 귀엽기도 하고 우습기도 하다.

지후와 만나면 끊임없이 이야기를 한다. 우리의 공통점이 '말'하는 것을 좋아하기 때문이다. 산에서 돌아오는데 갑자기 지후가 이야기를 시작했다.

"하하 할머니는 말을 재미있게 하는 사람인 것 같아요."

"그래, 왜 그런 생각을 했어?"

"지후 생각에 그런 마음이 들었어요."

그런 말을 해주는 지후가 너무 기특해서 "그 말도 고마워." 그랬다.

그러자 "별것도 아닌데 뭐가 고마워."라고 말을 받는다.

"그럼 지후도 내가 보았을 때 말을 재미있게 하는 것 같아."라고 대답하면 "어? 그럼 지후하고 할머니하고 똑같네." 하다가 '똑같다'란 말에서 아이디어가 떠올랐는지 "그러면 할머니 무엇이 무엇이 똑같은가? 알아맞히기 하자." 하고 먼저 놀이를 제안한다.

"그래, 좋아."

젓가락, 신발, 팔, 다리, 눈, 콧구멍, 손, 발, 안경, 바퀴……. 한참을 주거니 받거니 하며 놀다가 누구 하나라도 틀리면 서로 얼굴을 쳐다

보고 한참을 웃는다. 우리는 이렇게 시간가는 줄 모르고 놀다가 즐거운 마음으로 산을 내려온다.

우리가 나눈 시에 대한 이야기도 주로 산에서 많이 이루어졌다. 대부분의 시도 거의 산에서 얻었다. 결국은 모든 것이 자연을 바라보면서 생각을 하고, 자연과 대화를 나누고, 자연에게 감사한 마음을 갖게 되면서 감성적인 마음이 풍성하게 된 것이다. 사람은 자연과 더불어 살면 누구나 시인이 된다고 말하지 않던가.

지후가 풀잎을 보더니 갑자기 한 줄로 간단하게 '시'를 짓자고 한다. 그래서 "좋아, 그럼 지후 먼저 해." 그랬더니 "풀잎은 날카로워서 손을 벨 것 같다."고 한다. 그러더니 얼른 할머니도 해보라고 한다. 그래서 "풀잎은 칼처럼 날카로워요."라고 하니 지후가 진짜 풀잎을 만져보며 고개를 끄덕였다. 그때 우리가 본 풀잎이 산에 많이 있는 날카로운 모양의 풀잎이었다. 우리는 그런 식으로 웃으면서 산을 여기저기 돌아다닌다. 자연만큼 우리의 마음을 여유롭게 해주며 편안함을 안겨 주는 것은 없다고 생각한다. 산은 참 좋은 것 같다.

셋 : 손자와 할머니의 시낭송놀이는 이렇게 시작했어요

필자는 이야기, 노래, 시낭송하는 것이 취미다. 혼자서 놀 때는 주로 노래, 시낭송놀이를 한다. 그것이 계기가 되어서 손자와의 시낭송놀이도 시작하게 되었다. 언제나 둘이 만나면 자연스럽게 시작하는 '진짜 진짜 재미있는 시낭송놀이'는 대화의 창구이자 소통의 도구이다. 이 놀이를 통해서 서로의 생각과 무한한 상상력을 키워 나갈 수가 있다.

지후는 어려서부터 트로트나 시낭송을 많이 듣고 자랐다. 할머니, 할아버지 옆에서 많이 들어서인지 지후는 '사랑의 밧줄', '모르나봐' 등의 트로트도 귀에 익숙해있고, 요즘은 '내 나이가 어때서'를 흥얼흥얼거리곤 한다. 지후가 성인가요 노래하는 것을 보면 지후아빠는 질색하고 싫어할 지도 모른다. 그리고 지후에게 성인의 시도 많이 들려주었다. 말을 못하는 시기에는 그냥 듣기만 하고 들은 내용을 생각의 주머니에 차곡차곡 쌓아두었을 것이다.

지후가 처음으로 '조약돌', '바다' 등의 시를 외우면서 한동안 입에 달고 살았던 기억이 난다. 유치원, 친가, 외가 가는 곳마다 시키면 시낭송이 하나의 장기자랑이 되었다. 철모르는 시절이라서 시키면 시키는 대로 했는데 요즈음 좀 컸다고 창피하다고 안 하려고 한다.

조약돌   – 이한분

소중한 것을 잊기엔
너무 아쉬워

마음을 고이 접어

냇물에 살며시 띄워봅니다

작지만

독특한 개성을 지닌 조약돌이

하나 둘 셋

서로 어우러져

하나의 냇물을 만들었습니다

누군가 그리워질 때

졸졸졸 흐르는 냇물에

두 발을 담그고

하얀 조약돌과

정겨웁게 속삭이세요

조약돌아

아주 많이 사랑한다고

바다   – 이한분

하얀 모래밭에 앉아서
모래알을 한 알 두 알
세어보다 지치면
끝없는 망망 바다를 향해 바라본다

가까이 보면 맑은 물
멀리 보면 파아란 물
더 멀리 바라보면 검푸른 물이다

파도가 밀려오면서
조개껍질과 하얀 모래를
한 아름 안겨주고 떠나간다

바다 위를 갈매기가 날아다니며
멀리서 뱃고동소리가 들려오니
고요와 적막함이 몰려오는 순간이다

지후는 여섯 살 되던 해부터 시낭송놀이에 관심을 가졌다. 처음에는 아이가 어려서인지 별로 재미를 못 느끼는 것 같았는데 시낭송에 익숙해지면서부터 우리의 만남은 주로 시낭송놀이로 이루어졌다. 뒷동산, 놀이터, 집 어느 곳에 있어도 그곳은 시낭송놀이터가 되곤 했다. 이렇게 해서 좋은 시가 나오면 메모를 하고 가끔씩 지후가 지은 시를 읽어주면 아이는 굉장히 좋아한다. "지후야, 이 시를 왜 좋아해?"라고 물어보면 본인이 직접 지은 시를 사랑하기 때문이라고 대답한다.

어느 날 지후와 외숙모 그리고 할머니, 이렇게 셋이서 간식을 준비해서 뒷동산으로 놀러 갔다. 뒷산을 조금 올라가다 보면 작은 정자가 있다. 으레 이곳에서 쉬면서 하는 놀이가 바로 시낭송놀이이다. 주변을 둘러보고 나서 주제를 정하고 가위 바위 보로 순서를 정한다. 1번 외숙모, 2번 할머니, 3번 지후였다.

주제는 '나무'에 대해서 즉흥시를 짓는 것이다. '나무'에 대해서 잠시 눈을 감고 생각을 한 다음 즉흥 시낭송을 하기로 했다. 먼저 외숙모 순서다.

"나무야, 너는 왜 말이 없니?"

시낭송놀이가 처음인 외숙모는 대충 이렇게 말하곤 발표를 마무리하려 했다. 그걸 본 지후가 외숙모는 어른이 그렇게 시를 지으면 어떡하느냐고 하면서 좀 나무를 보고 생각을 해야지 너무 성의 없이 시낭송을 한다고 지적을 했다. 그리고 자기도 처음에는 잘하지 못했는데 자꾸 하다보니까 잘하게 되었으니 외숙모도 걱정하지 말라고 격려도 해주었다.

그리고 내 순서가 되어 시낭송을 하니까 할머니는 아주 잘했다고 칭찬을 했다. 그 말 한마디가 얼마나 감사하고 고마운지……. 조그마한 녀석이 그 말을 하는 모양새가 제법 대견스러웠다.

그리고 외숙모에게 시낭송을 잘하는 방법을 알려주었다. 저만치 내려가서 돌멩이를 하나 주워오더니 음료수 캔 위에 올려놓고 돌멩이를 보고 잠시 눈을 감고 이리저리 생각을 한참 하라고 가르친다. 그다음 시낭송을 할 때는 인사를 먼저 하고, 그 다음에 제목을 말하고, 지은이 이름을 말한 다음 시낭송 발표를 하라고 알려주었다. 그걸 본 외숙모가 내게 귓속말로 어린아이라서 마음속으로 무시했는데 지후의 지적이 너무 당황스럽고 창피하다고 말한다. 앞으로는 어린아이라고 무시하지말고 잘해야겠다는 생각을 가졌다고 한다.

지후가 외숙모한테 시를 짓고 시낭송하는 법을 배웠으니 지금 당장 시를 한 개만 지으라고 해서 결국은 외숙모도 시를 지었다. 지후가 가르쳐 준 것을 생각하고 떠올리면서 처음으로 시를 지었다. 이제는 외숙모도 익숙해져서 지후가 할머니 집에 올 때면 같이 와서 놀다 가곤 한다. 처음에는 좀 당황스럽고 난처했는데 시낭송놀이에 익숙해지고 나니 재미있고 지금은 나름 뻔뻔해졌다고 말한다.

그날 외숙모가 지은 시가 바로 이것이다. 이 시를 발표하고 지후한테 얼마나 많은 칭찬을 받았는지 모른다. 칭찬은 고래도 춤추게 한다던가? 어른들도 칭찬을 들으면 역시 행복한 일이다. 비록 그것이 한낱 어린 아이의 칭찬일지라도.

웃음소리   – 승현정(외숙모)

지후의 웃음소리에
할머니가 먼저 웃으시네
하하하하하

할아버지도 덩달아서
허허허허허

엄마 아빠도 따라서
호 호 호 호 호

온 가족이
웃음소리에 행복해요

아이들은 모방을 하면서 성장한다. 지후의 모습을 보면서 아이들은
누군가를 모방을 하는 동안 그 안에서 무한한 창의성과 응용력, 상상

력이 풍성해진다는 사실을 발견하곤 한다. 우리는 공원에서 놀다가 의자에 앉아 쉬면서 자연스럽게 시낭송놀이를 시작한다. 서로 주거니 받거니 시낭송을 하다 보면 끊임없이 나오는 '새로운 단어'와 '아름다운 생각' 등에 놀라곤 한다. 이런 것들이 우리의 잠재의식 속에 숨어 있다가 적절한 순간에 튀어나오는 걸 보면 참으로 신기하고 기특하기까지 하다. 이렇게 아름다운 언어를 가슴에서 찾아낸다는 그 자체가 아름다운 일인 것 같다.

지후가 시낭송 교육을 본격적으로 받은 것은 6세부터이다. 직접 지후에게 시낭송 교육을 해본 결과 6~7세의 시기가 가장 표현력과 어휘력, 문장력이 뛰어난 시기이며, 사물을 보아도 표현을 적절히 잘 하는 적기인 것 같다. 그리고 자기주장이 뚜렷해지는 시기라 남들과는 다른 자기만의 주관과 개성으로 독창적인 표현을 할 수 있는 시기이기도 하다.

이 놀이 훈련을 통해서 얻은 장점은 너무나 많다. 사고력과 언어구사 능력, 다양한 어휘력, 상상력, 집중력, 표현력, 발표력, 암기력, 창의성, 문장력, 즉흥적인 순발력 등을 키워나갈 수 있다. 시낭송놀이를 통해서 일주일에 한 번씩이라도 꾸준하게 지도를 한다면 이러한 모든 문제가 해결되고, 아이들의 생각이 쑥쑥 자라나게 될 것이다. 게다가 무엇보다도 시낭송놀이는 진짜 진짜 재미있는 놀이이다. 여러분도 귀여운 자녀가 있다면 한 번 도전해보시면 좋을 듯하다.

넷 : 우리의 결심! 진짜 진짜 재미있는 시낭송놀이 책을 만들자

지후 엄마는 일 때문에 사우디로 장기 출장을 자주 간다. 그래서 이번 추석 때 지후는 할머니 집에 열흘 동안 있었다. 그동안 우리가 지어놓은 '시'들을 읽어보니 나름 재미있었다. 그래서 "지후야, 그동안 우리 둘이 지어 놓은 시가 이렇게 많이 있는데 이것으로 책을 만들면 어떨까?" 하고 슬쩍 지후의 의견을 물어보았다. 어린 녀석이 책을 만든다는 것이 뭔지나 알까, 관심이나 있을까 싶었는데 의외로 지후는 내 말이 떨어지자마자 "좋아. 그럼 어떻게 책을 만들어?" 하면서 동화책을 갖고 오더니 "이런 책 말하는 거예요?" 하며 눈을 반짝였다. 그렇다는 말에 "그럼 책을 재미있게 만들어야 하는데……" 하면서 걱정을 하는 것이다.

사실 책을 발간하는 것이 그리 쉬운 일은 아니다. 본격적으로 계획을 세우고 책 제목, 내용, 비용 등 모든 것을 신중하게 생각하고 결정을 내려야 하기 때문이다. 시낭송놀이 책을 만들기 위해 그동안 모아두었던 시를 컴퓨터로 정리하고 열흘 동안 지후랑 부족한 것을 채워 나가기도 했다. 책을 만드는 과정에 대해 서로 이야기를 나누다보니 시간가는 줄 모를 정도로 정신이 없었다. 비용은 어떻게 하냐고 묻길래 대충 "엄마에게 백만 원만 내라고 하지 뭐." 그랬더니 알겠다고 고개를 끄덕인다. 아마 지후 나름대론 나이에 맞지도 않는 고민을 많이 했을 것이다. 그러면서도 설레고 좋아하는 지후의 얼굴에는 이렇게 쓰여 있었다. '책을 만드는 일은 행복한 일이구나'라고 말이다. 그 모습을 보니 마음이 뿌듯했다.

우리는 책을 만드는 과정에서 많은 이야기를 주고받았다. 지후가 "할머니, 책 안에 재미가 없으면 어떻게 해?" 하며 시를 지을 때 사람들이 생각을 많이 하게 만들고, 퀴즈식으로 재미있게, 웃기게, 짧은 문장, 긴 문장 등으로 다양하게 시를 짓자고 말했다. 그리고 사람들에게 시 짓는 방법도 가르쳐 주자고 하면서 책도 나오기 전에 걱정스럽게 이야기를 하는 것이다. 나름대로 걱정이 되는가보다. 하지만 우리가 어떤 결과물을 만들어낼 때보다 그 과정이 중요하듯이 지후에게도 지금의 과정이 더 재미있고 오래 기억이 될 것이다.

지후는 판매까지 걱정을 하면서 책이 안 팔리면 우리는 망한다고 말을 한다. '그렇게 되면 어떻게 하지? 어떤 방법이 없을까?' 하면서 또 생각을 한다. 어쨌든 책을 재미있게 만들자고 말한다. 그리고 책이 잘 팔리면 미국, 일본, 중국까지도 가야 하는데 어떻게 하느냐고……. 아이들은 참 단순하면서도 생각지도 못한 깊은 내면도 가지고 있다.

한번은 또 "외국 사람들은 한국말을 잘 모르는데 어쩌지?" 하면서 걱정을 하길래 "그건 걱정하지 마. 컴퓨터가 알아서 번역도 해 준다."고 말했다. 그랬더니 지후는 유치원생이라서 컴퓨터를 잘 못하니 할머니가 그것은 담당하라고 할 일까지 정해주었다.

그리고 지후가 또 돈 걱정을 한다. 자기는 돈이 없으니 책을 낼 때 돈은 할머니가 혼자서 내라고 한다. "지후야, 너는 돈을 안내면 망할 일도 없는 거잖아. 할머니만 혼자서 망하는 거네." 그랬더니 "그럼 할머니 혼자서 망하면 되잖아. 우리 집은 망하면 안 돼."라고 단호하게 거절한다. 이럴 때 보면 아이가 아니고 '애어른'이다.

열흘 동안 우리는 책에 대한 이야기를 서로 나누고 계속 뭔가 새로운 계획을 세웠다. 그것에 몰두를 하고 지후와 책에 대해서 이런저런 많은 이야기를 나누었던 그 순간들이 내 인생에 있어서 너무나 소중하고 아름다운 시간들이었다. 아마도 책이 나오게 되면 그 기쁨보다도 지후와 이런저런 이야기를 나누었던 그 과정이, 우리에게 아름다운 추억으로 남아서 두고두고 이야깃거리로 남을 것이다. 그리고 지후가 우리 엄마, 아빠 시도 책 만드는 데 넣자고 해서 그렇게 하기로 약속을 했다.

지후의 부모에게 책을 만들기로 한 것을 알리기로 했다. 지후 엄마는 사우디로 출장을 갔다가 40일 만인 10월 17일에 집에 도착했다. 일단 지후 엄마, 아빠한테 출판 이야기도 할 겸해서 일요일에 지후네 집을 찾았다. 지후네 집에서 맛있는 저녁을 먹고 나서 이야기를 꺼냈다. 지후와 할머니가 그동안 시낭송놀이 한 것을 갖고 책을 출간한다고 말했다.

내 말이 끝나자마자 지후 엄마가 "지후야, 할머니하고 무슨 책을 만들어?" 물었더니 지후가 "진짜 진짜 재미있는 시낭송놀이야. 할머니하고 책을 만들기로 했어, 엄마, 우리가 진짜 진짜 재미있는 시낭송놀이 책을 만들 거야"라고 했다. 이어서 지후가 엄마, 아빠의 시도 책에 넣어야 되니까 얼른 시낭송놀이를 하자고 제안했다. 마침 온 가족이 둘러앉아 있었다.

지후의 부모는 갑작스런 제안에 깜짝 놀랐지만 지후의 기대를 저버릴 수 없어서 시낭송놀이는 어떻게 하는 거냐고 지후에게 물어보았다. 지후는 먼저 제목을 정해야 된다고 하곤 주변을 둘러보더니 팽이와 방망이를 갖고 와서 엄마는 팽이, 아빠는 방망이, 지후는 핼러윈에 대해서 시를 짓자고 했다. 그리고 자세하게 설명을 덧붙였다.

먼저 시 제목을 정한 다음 시를 지을 것에 대해서 신중하게 생각을 하고, 발표 시 말이 끝날 때는 ~~~다, ~~습니다, 중간에는 ~~요, 이야기를 하다 끝날 때는 ~~다로 끝나면 된다고 자세하게 일러주었다. 그리고 팽이를 보고 잠시 눈을 감고 생각을 해보라고 했다. 팽이가 생긴 모양, 팽이가 하는 일, 팽이를 갖고 무슨 놀이를 하는지, 내가 팽이라면…… 등 생각을 가능한 한 많이 하라고 했다.

그리고 나서 각자의 물건을 보고 생각을 다 했으면 먼저 시를 짓고 나서 시낭송을 시작하는 것이라고 일러주었다. 조금 후에 시작이 되었다. 이때 지후네 가족도 처음으로 시낭송놀이를 시작했다. 먼저 지후 엄마가 시작했다.

팽이   – 최자영(엄마)

팽이는 자기가 좋아서 도는 걸까

사람들이 때려서 도는 걸까

팽이는 어지럽지도 않을까

즐거운 마음으로 도는 팽이였으면 좋겠다

방망이   – 인창우(아빠)

방망이는 멋지다
야구공을 한 대 때리니
슛
한방에 날아간다

방망이가 하는 일은
무엇이든지 신나게 남을 때리는 것

지후도 방망이로

한 번 날려 볼까

슛

핼러윈   – 인지후

겨울이 지나가자마자

기다리고 기다리던 핼러윈 파티가 찾아온다

핼러윈 파티는 무서우면서도

진짜 진짜 재미있다

온 집을 돌아다니면서

사탕 찾기 하면서

온갖 동네를 돌아다닌다

핼러윈 파티는 아주 아주 재미있다

핼러윈 파티가 되면

온갖 인물들로 변장을 하고

사진도 찍고

사탕바구니 찾기 놀이도 하고 신나게 논다

나는 핼러윈 파티가 빨리 돌아왔으면 좋겠다

　지후가 평가를 한다. 엄마, 아빠의 시를 듣고 나더니 엄마는 잘했고, 아빠 시는 할머니가 좀 다듬어서 책에 넣으라고 해서 약간의 교정을 한 것이다. 이렇게 지후로 인하여 온 가족이 처음으로 시낭송놀이를 했다. 지후 엄마는 지후가 할머니 집에 가서 있으면 할머니하고 시낭송놀이를 한다는 이야기는 자주 들었고, 지후가 시를 제법 잘 짓는다는 소리는 들었지만 이렇게 지도 방법에서부터 자세히 설명을 할 줄은 몰랐다고 하면서 아낌없이 칭찬을 해주었다.

　그날 지후의 부모님에게 책을 만들려는 계획을 충분히 설명을 해주었다. 지후와 할머니의 결심은 '진짜 진짜 재미있는 시낭송놀이 책을 만드는 것'이라는 걸 충분히 알리고 어떻게 하면 재미있는 책을 만들까에 대해서는 계속 서로 고민을 해보기로 했다. 서로 생각하다가 좋은 아이디어가 떠오르면 알려주기로 하고 헤어졌다. 지후와의 약속이기 때문에 어떻게든 이번에 책을 잘 만들어야겠다는 다짐을 다시 한 번 마음속으로 다졌다.

가정은 대화의 놀이공간이 필요하다.

요즘은 부모나 자녀 모두가 바쁜 세상을 살아가고 있다. 모든 것이 풍족한 세상인데 대화는 부족한 세상이다. 그런 부족한 대화를 어떻게 할 것인가. 모두가 고민을 해야 할 문제며 숙제이다. 모든 문제가 대화의 부족으로 생겨나고 있다. 최초의 학교인 가정에서부터 건강한 가정을 만들기 위해 조금씩 양보하면서 대화의 놀이공간을 만들어 나가야 한다. 웃음꽃 피는 대화가 있을 때 건강한 가족이 된다. 가족이 조금만 노력을 하면 될 것이다.

TV & 스마트폰을 보는 시간을 가족에게 조금만 돌려주자.

일주일에 한두 번이라도 가족들끼리 모여 앉아서 제대로 된 이야기를 나누자. 아이와 부모님의 생각은 서로 나누면 나눌수록 행복의 기쁨이 샘물처럼 솟아날 것이다. 상상만 해도 얼마나 행복한가, 웃음꽃이 활짝 피어나는 그 순간이 천국이다. 천국은 멀리 있지 않다. 바로 가까이 있다. 바로 지금 이 순간 가정에서 시작이 된다.

가끔은 TV & 스마트폰을 멀리하자.

그러면 그 시간을 이용해서 가족 간의 대화의 창구가 열리는 것이다. 대화의 창구는 어떤 놀이든 좋다. 어떤 놀이를 통해서든 온 가족이 서로 어울려서 있을 때 가족의 소중함도 알고 그런 환경에서 자라나는 가족은 건강한 사람들이다. 요즘 시대는 모든 사람들이 대화를 그리워하며 살아가고 있다. 그 중에 우리 가정은 어떤가 한 번 뒤돌아보자.

어떤 사람들은 TV & 스마트폰은 보물창고다 말하고, 혹은 TV & 스마트폰은 바보상자라고 말한다. 그 말도 일리가 있다. 편리하자고 만든 보물창고인데 어느새 가족 모두가 멍하니 TV & 스마트폰만 바라보고 있을 뿐이다. 가정에서의 TV & 스마트폰의 중독은 곧 가정의 대화의 단절로 이어진다. 가정이라는 울타리 안에 조금만 신경을 써서 '대화의 놀이공간'을 멋지게 만들어 보자. 이 놀이공간에서 어떤 놀이를 통해서 재미있게 놀 수 있는 방법을 찾아보는 것도 현명한 일이다.

그리고 가족만의 '대화의 놀이공간'에서 아름다운 추억의 시간을 함께 만들자. 자라나는 아이는 기다려 주지 않는다. 가족 행복의 척도는 대화와 관심에서 이루어진다는 것을 잊지 말자. 아이들은 성장하는 기간이 정해져있다. 이 시기를 놓치지 않고 제대로 된 교육이 이루어져야 한다. 그러면 건강한 가정, 더 나아가 대한민국의 청소년들로 건강하게 자란다. 더불어 청소년들의 밝은 미래가 보장된다. 더 중요한 것은 인성이 제대로 되어 있으면 아이들이 편안하게 세상을 살아갈 것이다. 이것은 모든 부모의 마음이며 희망 사항이다.

모든 교육의 틀은 가정에서 인성을 바탕으로 이루어져야 한다. 부모님과 할머니들이 아이들을 돌볼 때 귀엽다고 감싸고, 맛있는 것만 먹이고, 장난감 사주고, 옷 사주고, 보험 들어주고, 이런 것도 중요하지만 더 중요한 것이 있다. 이제는 조금 틀에서 벗어나서 아이의 교육을 하자. 아이들을 똑똑한 아이들로 만드는 데 목적을 두면 안 된다. 반드시 교육의 틀은 인성을 기본으로 이루어져야 한다.

요즈음 평생교육시대를 맞이하여서 가는 곳마다 배움의 장소이고 배움의 터전이다. 부모님 혹은 할머니들이 잘 할 수 있는 재능을 심사숙고해서 교육적 가치를 연구하자. 그리고 그 재능을 아이들에게 돌려주면 아이들과 공감대가 저절로 이루어지고 대화의 소통 장소가 된다. 이것만큼 보람되고 가치 있는 일은 없다고 생각한다. 자녀들에게 '황금을 물려주는 것보다 책 한 권의 유산을 물려주자.

지후네 가족도 처음으로 시낭송놀이를 시작했다. 책 펴내는 일로 온 가족이 둘러앉아서 이야기를 나누던 날 지후가 처음으로 집에서 시낭송놀이를 한 것이다. 주제를 갖고 서로 돌아가면서 이야기도 나누고, 생각도 하고, 다양한 생각과 이야기를 나누는 시간이 되었다. 그렇게 대화가 오고가는 중에 서로 웃고 칭찬도 하던 그 순간이 행복한 시간이었다. 지후네 가족도 이 '대화의 놀이공간'이 일시적인 것이 아니라 지속적으로 이어졌으면 좋겠다.

필자는 시인도 문인도 아니다. 그러나 시는 누구나 이야기를 나눌 수 있다고 생각한다. 이유는 우리 삶의 이야기가 모두 '시'이기 때문이다. 예를 들어 '들판에 들국화가 피어있다.' 이것을 보고 각자의 느낌대로 표현을 한다면 A는 "가을이라 들국화가 피었네.", B는 "들판에 피어있는 한 송이 들국화, 너는 외롭게 피어있구나."라고 표현을 했다고 하자. A는 있는 그대로 표현을 한 것이고, B는 감성이 풍부하고 시적인 감각으로 표현을 한 것이다. 여기서 보았듯이 우리의 감성을 풍부하게 해주는 것은 후자일 것이다. 시라는 것을 특별하게 보기 때문에 특별하게 생각하는 것이다. 우리의 삶 자체가 '시'이기 때문에 시는 특별한 것이 아니라 우리의 생활 속에 젖어있다. 우리는 그것을 잊고 살아왔기 때문에 시를 특별하게 생각하는 것이다.

일상생활 속에서 사용하는 단어에 감정을 넣어보자.

말을 할 때 아름다운 말에 조금씩 감정을 넣어서 이야기를 하자. B처럼 표현을 하면 상대방을 기분 좋게 해줄 수 있으며, 이것이 바로 언어의 위대한 힘이다. 자라나는 자녀들에게 '시' 교육을 한다면 아이들은 정서적으로 아름다운 언어 가운데서 건강하게 성장을 할 것이다.

아름다운 단어를 많이 사용하자.

흔히 사용하는 단어가 사랑한다, 예쁘다, 아름답다, 고맙다, 감사하다……. 이런 단어를 자주 사용하다보면 우리의 생각이 긍정적으로 바꾸게 된다. 반대로 미워, 보기 싫어, 짜증나, 죽겠어, 지겨워, 죽고 싶어 등 부정적인 단어를 생각하면 늘 마음과 뇌는 그렇게 행동을 해서 부정적인 사고를 갖게 된다.

어렸을 때의 단어 선택이 평생을 좌우한다.

어렸을 때 많이 사용하는 말과 말하는 습관에 따라서 평생이 좌우된다는 것을 꼭 기억하기 바란다. 어려서부터 단어를 긍정적이고 바른 말, 고운 말, 우리말, 아름다운 말을 많이 사용해야 한다. 이런 교육이 바로 시 교육인데, 시에는 이런 단어들이 많이 들어가 있기 때문이다. 시 낭송놀이를 할 때는 가끔 단어 선택의 약속과 마음가짐도 필요하다.

3부

잠깐!
시낭송놀이는 가끔 약속이 필요합니다

하나 : 주제는 주변에서 관심을 갖고 찾아보자

말할 거리는 주변을 돌아보면 풍년이다.

말할 거리가 없다고 하는 사람은 주변에 관심이 없어서 흉년일 수밖에 없다. 마음이 흉년인 사람은 아무리 이야깃거리를 갖다 주어도 말재주가 없어서 말을 못한다. 주변을 관심 있게 돌아보면 흔한 이야기로 가득 차있다. 예를 들어서 주변에 엿장수가 엿을 파는 모습을 보고 그 사람에게 관심을 갖고 관찰을 하면 즉흥적인 하나의 스토리가 만들어진다. 사람은 두 부류로 나누어진다. 어떤 사물을 똑같은 시간, 장소에서 보았는데 그것을 보고 이야기를 만들어 가는 사람이 있고, 어떤 사람은 이야기로 풀어나가지 못하는 사람도 있다. 그 사람은 사물을 보기는 보았는데 제대로 보지를 못한 것이다. 우리는 이야기를 듣는 사람이 아니라 사물을 보았으면 그것을 갖고 이야깃거리를 만들어서 이야기로 풀어나갈 수 있는 사람이 되어야 한다.

현장 중심의 체험을 경험하게 만들어라.

지후는 부모가 직장을 다니기 때문에 대신 할머니 집에 오면 현장 중심으로 체험을 하게 했다. 김장철이면 지후를 데리고 와서 농수산물시장에서부터 배추를 사는 과정 그리고 김치가 완성되어서 김치냉장고에 넣기까지의 전 과정을 직접 체험을 하게 했다.

일을 다 마치고 나서 힘들다고 하면 지후가 하는 말이 "할머니, 내년에 김장할 때 힘들면 와서 도와줄게." 한다. 그 말을 듣고 나면 '지후가 할머니 힘든 것도 알고 다 컸구나.' 하는 생각도 잠시 해본다. 아이들이 크는 과정을 지켜보면 신기하다.

지후네 친할아버지는 분당에 사시다 2015년 5월에 제주도로 이사를 가셨다. 어느 날 가족이 주말에 시간을 내서 제주도를 다녀온 모양이다. 할아버지 댁 앞뜰에 정원이 있어서 삽으로 땅을 파고 일을 한 모양이다. 삽질을 한 것이 기억이 났는지 어느 날은 시낭송놀이를 하는데 '삽'으로 시를 짓겠다고 한다.

"지후야, 삽 모양이 어떻게 생겼어?"

그랬더니 제주도에서 있었던 일을 이야기를 한다. 그때 만든 시가 이것이다.

삽   – 인지후

삽으로 땅을 판다
으라차차 강력하게 삽의 힘으로 땅을 판다

삽을 이용해 금방 땅을 팠다
땅을 길처럼 만들었다

나는 힘이 떨어져 땅바닥에 누웠다
그때 엄마한테 혼났다

이 녀석 네가 땅에서 사는 돼지야
잠을 자려면 이층 방에 가서 자렴

얼마나 기발한 생각인가? 그 당시의 상황을 그대로 이야기를 한 것이다. 한마디로 이야기 꾸미기를 생동감 있게 잘 했다. 모든 상황은 자기가 직접 경험을 했기 때문에 그 상황을 현실감 있게 '시'로 만들 수 있었던 것이다. '주제'는 멀리서 찾지 말고 가까이에서 찾도록 한다. 밥을 먹으면서 반찬을 갖고 이야기할 수도 있다. 반찬으로 올라온 콩나

물, 김치, 멸치, 미역국 등 얼마든지 있다. 어른이 먼저 이야기를 하고 나중에 자녀에게 이야기를 하라고 하면 그대로 따라할 수도 있다. 이것은 말하기 훈련과 연관이 된다. 즉, 표현력을 키워나가는 것이다.

아이들의 눈에는 자연은 신비로운 세계이다.

지후는 네 살쯤 되었을 때부터 바다에 대한 궁금증이 많이 생겼던 것 같다. 그래서인지 바다낚시를 가고 싶다는 말을 입에 달고 다녔다. 마침 기회가 생겨서 충남에 위치한 신진도 근처의 홍원항으로 바다낚시를 다녀왔다. 남편의 직장에서 직원들과 함께 바다낚시를 가는데 그 틈에 끼어서 놀다 온 것이다.

바다낚시의 또 다른 매력은 망망한 바다 위에서 배를 타고 둥둥 떠다니며 마치 내가 파도 위에 떠있는 것 같은 기분을 느낄 수 있다는 거다. 바다 위의 풍경은 너무나 평온했다. 지후는 바다 위에서 낚시도 하고, 갈매기가 춤추는 것도 구경하고, 직접 잡은 회도 먹고, 맛있는 과자랑 점심도 먹고 하니 진짜 좋았나 보다. 연신 "할머니, 진짜 좋다, 재미있다, 물이 정말 파랗다." 등등의 감탄사를 내뱉는 모습을 보면서 위험하지만 구경시켜주기를 잘했구나 하는 생각이 들었다. 바다낚시 체험을 하고 돌아오는 길에 바다에 대해서 이러저런 이야기를 나누면서 돌아왔다.

얼마 후 지후는 유치원에서 발표시간에 바다낚시 체험한 것을 발표했다고 한다. 어떤 친구는 아빠랑 갔다 왔다고 자랑하는 친구도 있고, 못 간 친구도 있었던 모양이다. 못 간 친구들이 나중에 다시 바다낚시를 가게 되면 자기들도 데리고 가달라고 해서 그러겠다고 약속을 한 모양이다. 아이들도 추억거리가 많이 있으면 그만큼 이야깃거리도 많다. 시원한 바닷가에 가면 가끔은 그곳에 가고 싶다고 말하곤 한다. 그때의 기억이 어린 지후에게도 무척 즐겁게 각인되었었나 보다. 그때부터 지후는 놀러가자 하면 배 타러가자고 졸라서 한동안은 배를 많이 탔던 기억이 난다.

지후는 김치만두를 좋아한다. 지난 토요일에 와서 놀다가는 갑자기 만두를 만들자고 제안을 했다. '만두가 먹고 싶으니 만들어 주세요'가 아니라 '만들자'라고 했다.

"그래, 그럼 어디 지후랑 같이 만들어 볼까?"

먼저 냉장고에서 김치를 꺼내 만두속을 만들어서 만두를 빚고 완성된 만두를 찌는 전 과정에 지후도 함께 참여를 한다. 지난번에는 김장김치가 없어서 만두를 못 만들겠다고 하니까 지후가 다음에는 힘들어도 김장김치를 많이 만들자고 했다. 김장을 할 때는 힘들지만 만두를 만들어서 먹을 때면 너무 맛있다고 한다.

어른들이 생각하기엔 너무 당연한 말이지만 막상 아이들의 입에서 이런 말이 나오면 너무 대견스럽다. 아는 만큼 보인다고 지후는 만두나 송편 만드는 과정을 이야기하라고 하면 설명을 세심하게 잘한다. 이유는 실제로 직접 체험을 해보았기 때문이다. 한마디로 말하자면 '학습'이 제대로 이루어졌기 때문이라고 할까?

아이가 실제로 체험을 해볼 수 있도록 장소를 만들어 주고 참여할 기회를 주자. 그리고 그 경험으로 '시'를 만들어보도록 격려해보자. 음식도 다양하게 직접 먹어 본 사람이 음식의 다양한 맛도 표현을 하고, 무엇이든 학습이 제대로 이루어진 사람이 말도 잘하는 것이다. 보고, 듣고, 체험하고, 느낀 것을 갖고 말하기 때문에 더 생동감이 있을 수밖에 없다. 그래서 백문불여일견(百聞不如一見)이라고 하지 않는가? 특히 아이들한테는 더 필요한 교육일 것이다.

둘 : 시낭송놀이는 누구나 배우면 잘 할 수 있다

누군가를 지도한다는 것은 힘든 일이다.

흔히들 이런 말을 한다. 내 자식은 가르치기 힘들어서 남에게 부탁을 한다는 이야기가 있다. 맞는 말이다. 지후도 아마 여기에 속할 것이다. 지후도 우리 집에 와서 시낭송놀이를 할 때는 할머니한테 꼭 선생님이라고 부르며 놀이가 끝나면 '하하 할머니'라고 불러준다. 무엇이든지 남을 지도한다고 생각하면 어렵고 놀이라고 생각을 하면 쉽다. 아이들을 생각해 보라. 아이들은 일이 곧 놀이고, 놀이가 곧 일이다. 그래서 아이들은 늘 행복한 것이다. 다시 말해서 지도를 놀이라는 개념으로 바꿔

보자.

시낭송놀이는 누구나 가르칠 수 있다.

지도는 거의 완벽 수준에 도달을 해야 하고 실수라는 것을 용납할 수가 없다. 그래서 마음에 부담을 안겨준다. 그러나 모든 것을 놀이라 생각하면 마음이 편안해지고, 부담이 줄어들고, 즐겁고, 행복한 가운데서 놀이를 할 수가 있다. 시낭송놀이는 어떤 사물을 보고, 서로의 생각을 조금씩 나눠서 말로 표현을 하는 것이기 때문에 누구나 가르칠 수 있다.

시낭송놀이는 어떤 사물을 보고 그대로 느낀 점을 표현하는 것이다. 평소보다 조금 더 관심을 갖고 아름다운 우리말을 조금 넣어서 시적인 감각으로 표현을 하면 된다. 여기서 틀렸다, 맞았다, 이상하다, 그렇게 평가할 것은 아니다. 이유는 본인이 어떤 사물을 보고 느낀 점을 말로 표현했기 때문이다. 시낭송놀이를 통해서 '언어의 자유'를 마음껏 누리는 것이다.

추석날 송편을 다 만들고 일이 거의 마무리되었을 즈음 지후가 삼촌, 외숙모와 모여 앉아서 시낭송놀이를 하자고 했다. 외숙모가 시가 너무 어렵다고 하니까 걱정하지 말라고 하면서 지후가 제대로 가르쳐 준다고 장담했다. 먼저 주제는 무엇으로 할까 고민을 하다가 '가족'이라는 시를 짓자고 했다. 주제를 정해놓고 둘이서 가족에 대해서 이런저런 이야기를 한참 주고받았다.

그 다음 지후가 외숙모에게 글씨를 받아서 적으라고 하면서 말을 하고, 또 서로 이야기를 나누고 하는 모양새가 제법 진지했다. 그 광경을 보면서 깜짝 놀랐다. 어쩌면 할머니가 하는 것하고 똑같이 모방을 하는지! 그 모습을 보고 역시 시낭송놀이는 누구나 지도할 수가 있다는 생각이 들었다. 한참을 외숙모와 머리를 맞대고 있던 지후가 완성된 시를 갖고 와서는 두 사람의 공동작품으로 같이 해달라고 부탁해서 공동으로 이름을 올렸다.

가족   – 인지후·승현정(공동작품)

언제나 늘 내 곁에 있어
소중함을 잠시 잊고 살지만
힘들 때 제일 먼저 생각나는 건 가족이지요
그럴 때 가장 따뜻하고 친절하게 대해주는 건 가족이죠

시간은 우리에게 기다려주지 않는다고 하지만
우리는 그 소중함을 잊으며 시간을 보내죠
하지만 가족이라는 생각은

잠시 잊지 못하고 있다는 것을 알고 있나봐

맛있는 것을 먹을 때 누가 떠오르나요
재미있는 영화를 볼 때 누가 떠오르나요
좋은 곳에 있을 때 누가 떠오르나요
시를 쓸 때 누가 떠오르나요

가족이 떠오르지 않나요
그렇다면 지금 가족에게 연락 하세요

이때 지후는 엄마가 사우디에 출장을 가서 떨어져 있던 터라 혼자서 외할머니 집에 와 있었다. 시를 완성하고 나서 지후의 눈에 눈물이 핑 도는 것을 보았다. 엄마, 아빠를 생각하고 그리운 마음으로 한 단어, 한 단어 표현을 했을 것이다. 어린 마음에 울지도 않고, 집에 가지도 못하고 가족의 소중함과 그리운 마음을 시로 표현을 한 것이다. 그래서 글, 즉 시라는 것은 마음을 치료해주고 위로도 해주어서 좋은 것 같다. 지금의 감정을 이렇게 글로 적어서 내려간다는 것은 내 마음의 그리움을 솔직하게 글을 통해서 적어 본 것이다.

다음은 지후 외삼촌이 혼자서 지은 것이다. 우리 가족은 모이면 이렇게 자의반 타의반으로 시낭송놀이를 하곤 하는 재미있는 가족이다. 복

덩어리 지후가 있어서…….

누구를 닮았지   – 최근영(외삼촌)

슈퍼아저씨가 말했다

지후는 아빠를 닮았구나

옆집 아줌마가 말했다

지후는 엄마를 쏙 빼 닮았네

거울을 보면

아빠 엄마도 안 보이고

내 얼굴만 있는데

난

누구를 닮았지

아이들의 눈높이에 맞추는 것이 중요하다.

아이들과 놀 때는 모든 것을 아이들의 눈높이에 맞추어서 글을 쓰고 아이들의 수준에 맞게 행동을 해야 한다. 단어 선택도 아이의 수준에 맞게 선택을 하고, 그들과 같이 행동을 할 때 아이들도 좋아한다. 그리고 아이들과 놀다보면 짜증이 나고 화가 날 때도 있다. 그럴 때 절대로 화를 내지 말고 기다려 주어야 한다. 아이들의 행동은 어른에 비해 좀 늦는 것이 당연하다. 그런데 그걸 이해하지 못하고 어른들의 입장에서 보기 때문에 화를 내고 짜증을 내는 것이다. 아이들과 놀 때는 아이들의 눈높이에 맞추어서 놀아 주는 것이 중요하다.

아이들의 핑계 혹은 이유를 귀담아 들어주자.

핑계 없는 무덤이 없듯이 아이들도 이유, 즉 핑계가 나름대로 있다. 어른들이 아이들을 꾸중하고 나서 그 이유를 들어보면, 말도 안 되지만 나름대로 논리를 펼쳐서 이야기를 한다. 아이들의 말도 안 되는 소리를 들어주고, 기다려주고, 같이 놀아주어야 한다. 이것이 어른들의 몫이다.

아이들의 귀를 막지 말자.

어른들이 아이들의 이야기를 귀담아 들어주었을 때 아이들도 나름대로 생각을 해서 점점 말을 잘하게 되는 것이다. 이때 어른들이 아이의 말이라고 무시하고 자주 귀를 막아버리면 아이는 성장하면서 점점 말문이 닫히고, 말을 안 하고, 더 나아가서는 부모님과의 대화 단절까지 이어진다. 아이의 현재 모습만을 보지 말고 미래를 생각해서 귀담아 잘 들어주어야 한다. 그래서 교육은 백년대계를 바라보고 계획을 세우라고 하는 것이다.

끊임없는 칭찬이 중요하다.

아이들의 생각은 큰 물줄기와 같다. 물줄기를 끄집어내는 것은 칭찬이다. 생각이 멈추었을 때 "아! 그렇구나, 깜빡했구나, 다시 한 번 생각의 주머니를 찾아보자. 어, 생각의 주머니에 들어있는데 지후가 깜빡했구나, 아주 잘 찾아냈네." 이런 말을 하면 아이도 기분이 좋아지고 스스로 어떤 결과물을 이루어냈다는 것에 대해 큰 자부심을 갖는다.

아이에게는 문제해결을 할 수 있는 능력이 자기 나름대로 있다. 그것을 통해서 실수도 하고 배우게 된다. 부모님은 옆에서 조언자의 역할, 물줄기를 찾아내는 역할만 제대로 하자. 사람은 모든 문제를 스스로 해결할 수 있는 능력을 갖고 있다. 누군가 옆에서 조언자의 역할을 할 사람이 가끔은 필요한 것이다.

칭찬은 아이를 춤추게 만든다.

시낭송놀이를 하면서 지후에게 끊임없이 칭찬을 했다. "어머! 그랬구나, 정말 대단하다, 어떻게 그런 생각을 했을까? 역시 해냈구나, 최고야, 잘 할 수 있어, 조금만 더 열심히 하자, 아주 조금만 더, 에! 조금 남았네, 연습을 하면 잘 할 수 있어, 처음엔 다 어려운 거야, 자꾸 하면 돼, 우와! 어려운 시를 어떻게 외웠어? 조금만 더 노력을 해보자" 이런 긍정적인 단어를 많이 사용한 것 같다. 그러면 칭찬을 듣는 순간부터는 아이는 조금씩 달라지며 더 관심을 갖는다. 무슨 일이든지 관심이 있어야 흥미가 있고 재미가 있는 법이다. '칭찬은 고래도 춤추게 한다.'고 하지 않던가. 아이 역시 칭찬을 받고 춤을 추는 것이다.

칭찬은 적당한 기회를 봐서 한다.

칭찬을 아무 때나 남발해서는 안 된다. 힘들어하거나, 아니면 어떤 것을 완성 했을 때, 힘들게 일을 마쳤을 때 적당한 기회를 봐서 해야 칭찬의 효과가 크다. 칭찬은 아이들의 마음을 성장하게 만드는 것이고, 무엇이든지 할 수 있다는 자신감을 키워주고, 용기를 주는 것이다. 칭찬은 미래의 꿈나무로 우뚝 세워주는 뿌리의 밑거름의 역할을 한다. 그래서 칭찬은 한 바가지의 마중물이다.

시낭송놀이를 할 때 아이들의 눈높이에 맞추는 것이 중요하다. 아이들의 잔소리를 귀담아 듣고 생각을 끄집어내는 작업을 잘해야 한다. 그리고 칭찬은 하되 적당한 기회를 봐서 해야 한다. 그리고 아이의 생각과 글을 부모님의 마음대로 고쳐서는 절대로 안 된다. 지적을 하지도 말고 아이의 순수한 마음을 그대로 적는 것이 가장 바람직하고 순수한 것이다. 아이의 마음은 흰 백지 위에 아이가 생각한 그림을 스스로 그려 나가는 것이다.

지후와의 시낭송놀이를 통해서 확신하게 된 것은 기본적인 것만 알고 있으면 누구든지 '시'를 잘 지을 수 있다는 점이다. 지후처럼 어린 아이도 엄마, 아빠나 할아버지, 외숙모, 삼촌한테 가르쳐줄 수 있는 걸 보면 이 시낭송놀이는 누구든지 할 수 있는 놀이이다. 전문가가 아니더라도 아이, 어른이 함께 하는 언어놀이라서 가능한 것 같다. 어른은 아이에 비해 사용하는 단어가 한 단계 높을 뿐이지 생각하고 느끼는 감정은 아이와 동일하다고 생각한다.

셋 : 시낭송놀이를 통해서 생각이 쑥쑥 자라요

시낭송놀이는 글씨를 몰라도 된다.

'적어도 글자를 읽고 쓸 줄 아는 사람이 해야 되는 것 아닌가?' 그렇게 생각을 하는데, 글자는 몰라도 되지만 대신 말은 할 줄 알아야 한다. 글자를 모르면 어떤 사물을 보고 그 느낌을 말로 표현을 하는 것에 중점을 두기 때문이다. 물론 글자를 알면 그 느낌을 글로 바로 적어서 하면 좋겠지만 각자 처한 상황에 따라서 진행을 하면 된다.

시낭송놀이를 함으로써 얻는 효과는 대단하다.

시 교육을 통해서 상상력을 키운다. 예를 들어 '거미'라는 시를 짓게 되면 그것을 상상을 해야 그것에 대한 시가 나오기 때문이다.

사고력이다. 거미에 대해서 많은 생각을 할 때 좋은 그림이 구상이 되듯이 거미에 대해서 생각을 하다 보면 생각의 힘이 커지게 되고 깊은 생각을 할 때 말과 글로 표현을 잘하게 된다. 즉, 사물의 이치를 궁리하여 깨닫는 능력이 생긴다.

집중력이다. 거미에 대한 것을 끄집어내기 위해서 집중을 해야 한다. 이런저런 잡생각을 하면 '거미'라는 시가 나올 수가 없다. 아이들은 어떤 것에 집착을 하면 무서운 집중력의 힘이 발생한다. 아이가 좋아하는 프로그램을 볼 때 아이의 눈빛과 자세를 보아라. TV 속으로 들어가 있지 않은가? 이런 집중력을 끄집어내는 것이다.

표현력이다. 상상한 것을 말과 그림으로 표현할 때 다양한 힘이 생긴다. 그리고 그것은 자연스럽게 발표력과 연결된다. 그리고 사람들 앞에서 자신감 있게 발표를 잘 할 수도 있게 된다.

암기력이다. 아이들은 잘 외운다. 본인들이 지은 시는 더 잘 외우게 되어 있다. 외운 시를 갖고 어디서든지 발표를 할 수 있다. 창의력 또한 무럭무럭 자란다. 시낭송을 위해 자기만의 시를 만들기 때문에 자기의 생각이 들어가고 자기만의 색깔을 입히는 것이다. 지후는 본인의 작품을 무척이나 소중하게 생각한다. "할머니! 재미있죠, 대단하죠, 잘했죠, 진짜 잘했죠." 하면서 스스로를 대견하게 생각하고 스스로를 칭찬하며 우쭐댄다. 바로 동심의 세계가 무지갯빛으로 찬란하게 빛나는 것이다.

얼마나 아름다운가! 상상만 해도……. 시는 바로 그런 매력이 있다.

그리고 문장력이다. 글을 쓸 줄 아는 아이들은 말이 조금 안 된다 싶으면 바로 지우고 다시 쓴다. 시 공부를 단문으로 연습하다 보면 자연스럽게 문장력과 연결이 된다.

즉흥력이다. 어떤 사물을 대상으로 놓고 집중을 하고 생각을 한 다음 바로 표현을 해서 발표를 하기 때문에 즉흥력이 아주 뛰어나게 되며, 이것이 눈에 띄게 발전하는 것이 보인다.

마지막으로 아이가 어떤 대상을 보고 이야기했을 때 정말 '말을 예쁘게 한다.' 같은 표현을 해도 긍정적인 생각으로 자기의 주관을 세우고 상대방을 배려하는 마음의 자세가 엿보인다. 이런 것들이 자연스럽게 인성으로 연결이 되지 않을까 생각한다.

지후와 시낭송놀이를 하면서 눈으로 봐온 면들과 느꼈던 점들을 적다 보니 생각했던 것보다도 6~7세 때의 언어영역이 훨씬 탁월하다는 것을 다시 한 번 실감했다. 게다가 눈에 보이는 지적인 발전뿐만 아니라 아이의 감성이 부쩍 풍부해지고 정서적으로 편안함을 얻게 된 것이 어찌 보면 더 크고 값진 수확이라고 할 수 있다. 이것은 아마도 지후가 할머니나 엄마, 아빠와 같이 편안한 대상들과 함께 교육이 아닌 놀이를 통해 얻어진 것들이라 더 그럴 것이다. 아이의 생각과 마음이 쑥쑥 자라게 하는 시낭송놀이, 지금이라도 당장 시작해 보시길…….

아이의 잠재된 생각을 끌어내라.

아이의 잠재의식에 묻혀있는 생각을 끌어내는 것도 어른들의 몫이며, 끌어낸 것을 말로 표현하게끔 도와주는 것도 어른들의 몫이다. 주제는 우리 일상생활 속에 얼마든지 있다. 어떤 주제에 대해 일상생활에서 느낀 점을 그대로 표현하는 법을 시낭송놀이를 통해서 배우게 하자.

일단 아이가 시를 지었는데 잘못되었다고 지우고 다시 하라고 야단을 치면 절대로 안 된다. 그것은 아이의 생각을 멈추게 하는 것이다. 아이들의 생각은 샘물 솟듯이 솟아오른다. 그 샘물을 멈추게 하는 부모들을 주변에서 흔히 볼 수 있다. 물줄기가 계속 솟아오르게 하기 위해서는 아이들의 마음을 잘 읽을 줄 알아야 한다. 아이를 윽박지르면 절대로 아이의 잠재된 무한한 생각을 끌어낼 수가 없다.

아이들은 기다려 주어야 한다.

아이들에게 생각을 할 수 있는 힘을 길러주기 위해선 기다려 주어야 한다. 어른들이 보기엔 좀 바로바로 대답을 못하니 조금 답답해보일지라도 조금 후엔 생각지도 않았던 말들이 아이의 입에서 샘물처럼 쏟아져 나온다. 그것이 아이들의 특징이며 아이들의 세계이다. 그 무한한 세계를 만들어 주는 것이 부모이다. 빨리 하라고 옆에서 다그치면 아이들의 생각은 입으로 나오려고 했다가 다시 입속으로 쏙 들어가 가슴, 머리에서 나오지 않는다. 느림의 법칙을 인지하며 인내심을 갖고 기다려주어야 한다.

아이의 시는 그대로 두어야 한다.

만약에 아이의 생각을 바꾸게 되면 그것은 부모님의 시가 되는 것이고, 아이에게는 상처를 주게 된다. 때로는 말도 안 되는 것을 말이 되게 하는 것이 아이들의 생각이기 때문이다. 아이가 맨 처음에 느낀 그 첫 감정이 진짜 마음에서 나온 것이며, 그 느낌이 가장 소중한 것이다. 아이도 그것을 제일 좋아하며 아이의 말 한마디 한마디를 신중하게 생각해야 한다.

언젠가 이런 일이 있었다. 지후가 즉흥시로 발표를 했을 때는 문제가 되지 않았는데 그걸 문장으로 완성을 해보니 '나는', '나는' 이런 글자가 너무 많은 것 같아 '나'자 하나를 삭제를 했더니 왜 '나'란 글자를 빼놓고 했느냐고 다시 넣으라고 해서 다시 넣어준 일이 있었다. 지후에게 이유를 들어보니까 맞는 말이다. 아이가 그 단어 하나를 선택했을 때는 분명 이유가 있다. 어른들이 보았을 때는 말도 안 되는 것 같지만 아이들의 생각은 그렇지가 않다.

아이들은 그만큼 자기가 한 말에 대해서 신중하게 생각하고 신중하게 듣는다. 그래서 아이들의 시는 처음에 생각한 대로 그대로 적어두는 것이 가장 이상적이고 바람직하다. 지후도 초등학생이 되고나면 알아서 글을 고칠 것이다. 그러나 유년 시기엔 무조건 자기가 한 말이 최고인 것이다. 모든 것은 스스로 터득하게 두고 기다리는 것이다.

시인(어른)의 시는 완성된 작품이다.

한 편의 시가 완성되어 작품으로 나오기까지 시인은 수십 번의 퇴고의 과정을 거쳐서 시를 완성한다. 하지만 아이들은 생각을 뒤로 할 수도 있고, 말도 안 되는 것을 넣을 수도 있다. 아이들은 즉흥적으로 생각하고 즉흥적으로 말을 한다. 아이들이 만든 하나의 작품도 완성된 작품으로 인정해주자. 그 시가 어찌 보면 더 아름답고 순수한 작품의 세계이다.

아이들은 어른과 다르다는 점을 명심해야 한다. 그 아이의 순수함을 그대로 받아들이고 인정해주어야 한다. 아이들도 언젠가 어른이 되면 시인처럼 그런 과정을 거쳐 갈 것이다. 어른들이 시를 못쓰는 것은 생각이 너무 깊어서 잘하려고 하는 생각과 주변 사람들의 평가를 신경 쓰기 때문에 시를 안 쓰는 것이라고 생각한다.

아이는 부모가 어떠한 사고방식을 갖고 교육을 하느냐에 따라서 달라지기 때문에 먼저 어른들이 바뀌어야 한다.

요즘 시대는 감성이 메마르고, 인성이 부재중인 시대라고 말을 한다. 시 교육을 하게 되면 사람들의 마음이 행복하고 긍정적인 생각을 하게 된다. 시를 생각하는 순간만큼은 행복한 단어가 떠오를 때 행복한 호르몬이 나와서 행복한 삶을 만들어 준다. 그래서 우리는 늘 좋은 생각을 많이 하면서 살아가야 한다. 직접 경험을 해본 결과 아이들이 초등학교 들어가기 전까지 이 교육이 절실히 필요하다는 것을 느꼈다.

유아기 때의 성장과정에서 단어 선택이 중요하다.

아이의 성장에 있어서 부정의 힘을 키우느냐, 긍정의 힘을 키우느냐 하는 것은 상당 부분 어렸을 때 어떤 단어를 많이 사용하느냐 하는 언어의 문제에 달려있다. 이러한 문제를 해결하는 데 시낭송놀이가 힘이 될 거라 생각한다. 자라나는 아이들에게 긍정의 힘을 키워주는 것이 한 아이의 미래를 행복하게 만드는 뿌리가 될 것이라 믿는다.

시낭송놀이를 할 때는 아이의 생각을 그대로 적어야 하며, 아이의 생각을 말로서 표현을 잘 할 수 있도록 옆에서 잘 지켜봐주는 것이 최선이다. 시낭송놀이를 할 때 조심할 것은 절대로 아이의 시는 고치지 말아야 한다는 것이다. 말도 안 되는 시도 존중해주자. 그 다음 잠재의식에 숨어있는 무한한 가능성을 이끌어낼 수 있도록 아이 옆에서 조언자 역할만 잘 해주기를 바란다. 사람은 문제가 있으면 문제를 해결할 수 있는 능력도 본인이 가지고 있다. 아이도 마찬가지이다. 어른은 단지 조언자의 역할을 잘 해야 한다.

시를 낭송할 때는 마음가짐이 중요하다.

시를 낭송할 때의 마음가짐을 나름대로 생각을 해서 지후에게 적용을 해보니 도움이 많이 되었다. 보통 집이나 산, 공원에서 주로 시낭송을 하는데 그냥 대충해도 되지만 가끔은 마음가짐이 필요할 때도 있다. 사람들은 마음가짐을 중요하게 생각한다. 어떤 일을 시작을 할 때는 마음가짐을 단정하게 하라고 이야기를 한다. 시낭송도 마찬가지이다.

시낭송할 때는 시 속의 주인공이 되는 것이다.

시낭송을 할 때는 올바른 자세로 신중하게 생각을 해서 발표하는 것이 좋다. 시낭송의 주제에 맞게끔 의미를 생각하면서 시낭송을 한다. 지후가 시낭송할 때를 보면 아주 심각한 표정으로 시에 몰입해서 하는 모습이 얼굴 표정과 목소리에 그대로 드러난다. 시낭송을 할 때 그 단어 하나하나에 의미를 깊이 둔다. 그리고 시 속으로 들어가서 시의 주인공이 되어 시 속으로 행복한 여행을 떠나는 것 같다.

시낭송을 듣는 사람의 마음가짐도 중요하다.

자녀가 시낭송을 하면 듣는 사람들은 그냥 웃으면서 대견하다는 그 생각만 한다. 그것은 아니다. 특히 자작시를 지어서 발표를 할 때의 그 과정을 생각해보자. 발표 주제를 선택하고 깊은 생각을 한 다음 마음을 가다듬어서 발표를 하는 것이다. 비록 짧은 문장이지만 그게 얼마나 힘든 일인가 생각을 해보자. 시낭송을 하는 사람은 그 단어 하나하나에 의미를 깊이 두고 생각하면서 시낭송을 한다.

잠시 생각해보자. 시낭송놀이를 할 때 지후가 그 단어 하나하나를 생각하고 그것을 하나씩 연결고리를 이어서 끊이지 않게 연결시킨다. 그 고리의 연결 과정을 생각해보자. 그 어린 마음, 어린 머릿속에 무엇이 들어있어서 저런 말을 할까? 아이의 마음을 생각을 하게 된다. 아이는 이런저런 수많은 단어들 중에서 주제에 맞는 단어를 찾아서 연결고리를 끊이지 않고 한 편의 시를 완성시키는 것이다.

이런 생각을 하게 되면 듣는 사람도 아이가 생각한 단어에 감동을 받게 된다. 시낭송을 할 때 말하는 사람과 듣는 사람이 서로 감정을 나누며 공감할 때 서로 진정한 의사소통이 이루어지는 것이다. 그리고 함께 신비로운 '시 속 세상'으로 여행을 떠나는 것이다. 이렇듯 시낭송은 시낭송을 하는 사람이나 듣는 사람 모두 서로의 마음가짐을 제대로 갖고 하는 것이 중요하다.

지난여름 뒷산으로 놀러 갔다. 앞서 뛰어가던 지후가 갑자기 멈추더니 나뭇잎에 대해서 시를 짓자고 했다. 이 시는 그때 만든 작품이다. 지후는 처음 나뭇잎을 그냥 '나뭇잎'으로만 보았다. 그러나 시를 만들 때

비로소 나뭇잎을 다른 시선으로 바라보게 되는 것이다. 여기서 지후는 하나의 작은 마음으로 나뭇잎을 바라보지만 더 나아가서는 머릿속의 신비로운 세계를 나뭇잎에 그려내는 것이다.

나뭇잎   – / 제목을 읽고(3초 쉰다)   인지후 / 이름을 말한 다음(5초 쉰다)

나뭇잎은 계절마다 / 색깔이 바뀌지요 //
나뭇잎은 / 아주 조그맣지만 /
나뭇잎을 보는 / 생각과 마음은 / 끝도 없이 이어지지요 //

바람이 불어와 나뭇잎이 / 생글생글 웃어요 /
나뭇잎은 아주 / 소중하다고 생각합니다 //

나뭇잎은 / 세상에서 /
아주 중요한 / 곤충들의 집이자 /
신비로운 식물입니다 //
나뭇잎은 작지만 / 좋아합니다 //

* 시를 낭송할 때 주의할 점을 지후에게 알려준 내용이다.

◆ 시를 선택한다.

◆ 소리 내어서 큰소리로 읽게 한다(반복 훈련을 통해 읽기 훈련).

◆ 글씨를 모르면 대신 큰 소리로 읽어준다.

  (시는 글자 양이 적어서 아이가 읽기, 쓰기 훈련을 하는 데 좋다)

◆ 반복해서 읽다 보면 아이들이 내용을 들어보고 흐름을 대충 파악한다.

◆ 단어를 찾아보고 뜻을 파악한다.

◆ 표현기법을 생동감 있게 표현한다. 예를 들어 "생글생글 웃어요는 어떤 기분으로 읽어야 될까?"라고 물어본다. "맞아, 지후는 기분 좋을 때 생글생글 웃지? 그렇게 웃으면서 읽는 거야." 하고 이야기를 해준다.

◆ "시를 읽고 나서 어떤 기분이 들었어?"라고 물어본다.

  "지후야, 이 시를 읽고 어떤 느낌이 들었어?" 하고 물어보면서 서로의 느낌을 이야기한다. 그러면 재미있다. 나뭇잎은 요술쟁이다. 나뭇잎은 소중하다. 왜냐하면 곤충들의 집이라서 등등 다양하게 서로의 의견을 나눈다.

◆ "만약에 나뭇잎에 대해서 시를 다시 짓는다면 어떤 시가 나올까? 궁금한데 간단히 지어볼까?" 하면서 자연스럽게 접근을 한다. 그러면 지후는 읽은 시 중에서 마음에 드는 내용, 아니면 본인이 상상하고 있던 나뭇잎에 대해서 이야기를 한다. 여기서 또 상상력이 발휘된다. 비

록 나뭇잎에 대해 시를 지어본 적이 있다 하더라도 이번에 나뭇잎에 대해서 '시'를 지으면 또 다른 '시'가 나온다. 이유는 그 순간순간 느끼는 감정이 다르기 때문이다. 하나의 주제를 갖고도 여러 개의 새로운 시 작품이 나온다.

◆ 시낭송은 가능하면 외워서 하는 게 좋다(지후는 이렇게 하고 나면 시를 거의 외우는 편이다).

◆ 시낭송을 할 때는 바른 자세, 당당한 자세로 선다.

◆ 시선처리를 잘 할 수 있도록 지도한다.

◆ 인사를 정중하게 한다.

◆ 시의 제목과 시인 이름을 분명히 제시한다.

예) 나뭇잎 – 인지후

자작시를 짓고 "시인 – 인지후" 하고 불러주면 지후는 굉장히 좋아한다. 그 뿌듯한 표정은 이루 말할 수 없다. 자신감, 당당함이 지후를 더 멋지게 만든다.

◆ 제목을 말한 다음 잠시 3초 쉬고 나서 시인 이름을 말한다(여기서도 5초 정도 쉬어준다).

◆ 큰소리로 자신감 있게 시낭송을 하도록 지도한다.

◆ 발음을 정확하게 하도록 도와준다.

◆ 생동감 있는 부분은 실감나게 상황에 맞는 표현을 하도록 한다.

◆ 띄어 읽기와 쉬기를 알려준다.

◆ 여유 있게 천천히 시낭송하는 습관을 길들여준다(말하는 습관과 연관).

◆ 첫 인사, 끝 인사하는 것을 반드시 알려준다(인사의 중요성).

가능하면 외워서 시낭송을 하도록 하는 게 좋다.

위에서 제시한 것처럼 반복적으로 한 편의 시를 이해하면 거의 아이들은 금방 외운다(어른과 아이들의 차이점이다).

시낭송은 자연스러운 것이 좋다.

시낭송할 때 주의할 점은 어른들이 시낭송을 하듯이 지도를 하면 아이들의 순수함이 나오지 않는다. 시낭송은 그냥 자연스럽게 하도록 도와주는 것이 좋다. 아마 아이도 오래 시낭송놀이를 하다 보면 본인도 모르게 감정이입이 되는 경우가 있고, 오히려 인위적으로 만들면 어색하다. 자연스러움이 좋다.

아이의 순수함을 시낭송을 통해서 살리자.

아이들에게는 자신감, 자세, 큰소리, 발음, 정확하게, 천천히, 인사. 이렇게만 지도를 해도 무리가 안 된다. 세월이 지나면 아이도 어른처럼 그렇게 될 것이라 믿는다. 너무 빨리 아이를 어른처럼 만들려하지 말고 아이의 순수함을 더 살리는 것이 큰 장점이며 시낭송의 매력이다. 아이가 주제를 선택해서 하나의 작품의 시가 나오기까지의 준비하는 과정과 마음가짐이 더 중요하다는 것을 잊지 말자.

즉흥주제로 발표하는 것이 더 효과가 있다.

남의 동시, 시를 낭송하는 것도 중요하겠지만 가능하면 아이들 본인이 주제를 정하고 스스로 생각해서 직접 만든 시가 놀이를 하는 데 더 많은 도움이 될 것이다. 지후와 놀이를 하면서 남의 작품은 동시 두 편만 읽어주었다. 그 나머지는 우리 스스로 주제를 정하고 자작시를 만들어서 시낭송놀이를 했다. 이것이 지후의 생각을 키우는 데는 더 많은 도움이 되었다. 이는 무에서 유를 찾아낸 것이며, 아무도 가지 않은 길을 걸어가는 원리인 것이다.

4부

아하!
시낭송놀이는 단계가 필요합니다

사람 마음엔 보물이 가득 들어있다.

마음에 가득한 보물을 간직만 하면 안 된다. 그 보물을 하나씩 캐내어서 다듬고 다듬어서 사람들한테 보여주었을 때 비로소 보물이 빛나고 가치가 있다. 그러면 주변의 사람들은 그 보물을 구경하러 주변에 모여들 것이다.

아이가 어릴 때는 부모가 보물을 캐내어 주는 작업이 필요하다.

아무리 아이의 보물창고에 보물이 가득 있으면 무슨 소용이 있겠는가. 아직 어린 아이이기 때문에 그 걸 캐내어주는 작업엔 부모의 도움의 손길이 필요하다. 아이의 마음속에 꿈틀거리는 것을 끄집어내기 위해서 행복한 마음에 씨앗을 뿌려주어야 한다. 시낭송놀이를 하기 위해서 아이에게 시를 들려주는 단계이다. 시의 아름다운 언어의 씨를 많이 뿌려야 씨앗이 꿈틀꿈틀 거린다.

단계별로 알아보자.

1. 아이의 눈높이에 맞는 시, 동시를 선택하기
아이의 눈높이에 맞게 시나 동시를 선택해서 읽어주는 단계이다. 이 단계는 처음 접하시는 분이라면 아이에게 시나 동시가 무엇인지 알려주는 단계이다.

2. 시의 제목과 시인의 이름을 분명히 밝힌다(읽어주기 전).
"시의 제목과 시인이 왜 이런 시를 지었을까?"라고 설명을 한다.

예문)

소풍 가는 날   – 강원희

3. 시를 읽어준다.
되풀이해서 읽어 줄 때 뜻을 알고 상상할 수가 있다.

예문)

따르르릉ㅡㅡ

해님,

내일 나오실 거예요?

해님에게 전화를 걸어

물어보고 싶다

4. 시의 느낌을 같이 이야기 나눈다(연령에 따라서 차이가 있다).

지도하는 분이 그 느낌을 먼저 이야기하고 그 다음은 아이의 생각과 느낌을 들어본다. 여기서 공통점을 찾는다. 서로 같은 생각을 하고 이야기를 나눌 수 있다는 것에 초점을 둔다. 다음은 '소풍 가는 날'이란 시를 가지고 지후와 할머니가 서로 나눈 내용이다.

예문)

할머니 : 지후야, 내일 소풍 가는데 걱정이 되는가봐. 그래서 해님한테 낼 비가 오나 안 오나 전화를 해서 물어보고 싶었는가봐, 그렇지?

지후 : 맞아, 우리도 유치원에서 소풍을 갈 때 걱정이 돼. 비가 오면 소풍을 망쳐버려서. 그래서 이 사람도 소풍 가는 날 걱정이 되었나봐.

소풍 가는 날은 비가 안 왔으면 좋을 텐데…….

이렇게 이야기를 서로 나누고 서로의 공통점을 발견한다.

"아! 그렇구나. 지후야, 시를 쓴 사람도 소풍 가는 날 비가 올까봐 걱정이 되어서 그랬나 보다."

할머니가 자신의 생각에 동조해주자 지후는 하늘을 보면서 큰소리로 "해님, 낼 꼭 나오세요. 부탁합니다." 하면서 웃는다.

아이를 절대 다그치면 안 된다.

"너는 이것을 듣고 읽어도 아무런 느낌이 없어? 생각도 없는 바보니? 너는 표현을 못하니?" 하면서 핀잔을 주면 절대로 안 된다. 때로는 아무런 느낌이 들지 않을 때도 있고 말을 하기 싫을 때가 있듯이 지후도 어떤 때는 말하기 싫을 때가 있고 생각하기 싫을 때도 있다고 말한다.

그럴 때는 주변의 환경을 바꾸면서 다른 환경을 만들어 준다.

"지금 지후가 하고 싶은 것, 하고 놀면 돼." 하며 자연스럽게 환경의 변화를 주는 것이 아이한테 도움이 된다.

다음 시를 읽어주고 서로의 이야기를 나눠 보세요.

예문)

망치   – 권오삼

망치는

주먹이 세다

권투선수처럼……

무엇이든지

한 번

'꽝' 하고

먹어버리면

꼼짝 못한다

못이

금방

대가리를 얻어맞고

쏙

들어갔다

5. 시나 동시에 대해서 흥미를 갖게 하는 것이다.

예를 들어 "시인이 '따르르릉'이라고 표현을 했으면 우리는 무엇으로 표현을 할까?" 하면서 서로의 의견도 물어본다. 그리고 직접 전화를 걸기도 하고 '따르르릉'을 다르게 표현할 수도 있다. 똑같이 할 필요는 없다.

너무 형식에 얽매이지 않도록 한다. 형식에 얽매이다 보면 말과 글이 자연스럽게 안 된다. 시인들의 시를 읽어 보면 추상적이고, 비현실적이고, 엉뚱한 생각에서 자유로운 글이 나왔다. 말도 안 되는 소리가 '시'다. 아이들의 생각도 마찬가지이며, 말이 안 되는 것도 말이 되듯이 그냥 들어 주며 아이들이 시, 동시에 흥미를 갖게 하는 것이 중요하다.

6. 위에서 제시한 방법대로 시를 아이의 연령에 맞게 골라 몇 편의 시를 가지고 이 훈련방법을 해본다. 어느 정도 진행이 되었으면 다음단계로 넘어간다.

주의할 점이 있다. 먼저 어른이 시범을 보여준다.

놀이를 할 때는 어른이 먼저 한다는 것을 잊어서는 안 된다. 처음엔 지후에게 책에 나온 시나 동시를 읽어주고 생각을 해보자고 하니 시를 그대로 계속 모방을 하는 것이다. 그래서 아이의 독창적인 생각을 끌어내기 위해서 시는 몇 편만 골라 읽어 주었다. 어른도 마찬가지다. 남의 것만 계속 모방만 하고 그것을 따라서 하면 하고 싶은 이야기를 절반밖에 못한다.

중요한 것은 한 편의 시를 들려주어도 시와 소통할 수 있도록 이야기를 들려주는 것이 좋다. 예를 들어서 수많은 노래를 부르는 것도 중요하지만 한 곡을 제대로 부르는 것이 더 중요하다고 생각한다. 대충 넘어가기보다는 한 편의 시라도 충분히 분석을 해서 소화할 수 있도록 지도를 하는 것이 때론 중요하다. 그리고 놀이 하시는 분의 역량과 좋은 아이디어를 첨부해서 놀이를 하면 더 많은 시너지 효과를 얻어낼 수가 있다.

솔직하게 말해서 지후에게 들려준 동시는 '소풍 가는 날', '망치' 단 두 편뿐이었다. 저학년 동시집이었는데 처음에는 시놀이를 하자고 하면 무조건 그 책을 갖고 와서 읽어달라고 했다. 그래서 이제 우리는 그 책으로 하지 말고 지후의 생각과 할머니의 생각으로 '시'를 새로 지어보자고 했다. 그랬더니 아이가 책을 들고 일어서더니 작은 방으로 들어가서 버렸다고 했다. 지후는 그 책을 아마 침대 밑으로 던져버렸던 모양이다. 깜빡 잊고 있었는데 몇 달 후 청소를 하는데 침대 밑에서 동시책이 나왔다. 그것이 오히려 지후에게는 좋은 결과가 되었던 것 같다. 잊혀진 책이 스스로 생각할 수 있는 발판이 되어 주었다.

지후에게 실물을 보여주고 직접 체험하도록 했다.
지후에게 깊은 생각을 할 수 있도록 하기 위해서 실제로 경험을 하도록 했다. 실물을 실제로 보여주고 실제의 물건이 없으면 사진이나 그림이라도 보여주었다. 그것을 갖고 우리가 무엇을 하는 것인지 이야기를 해주었다. 그리고 그동안 본 것을 상상하라고 했다.

전에 뒷동산에 갔는데 여러 운동기구가 있었다. 그 중에 훌라후프를 선택해서 혼자서 돌려보라고 하니까 못하는 것이다. 그래서 한참을 같이 하다 보니 어느새 혼자서도 잘 돌리게 되었다. 지후는 훌라후프라는 새로운 '경험'을 하게 된 것이다.

"훌라후프를 돌리면서 어떤 느낌이 들었어? 훌라후프는 어떻게 생겼지? 이것을 갖고 무엇을 할까?"

직접 체험을 하고 난 지후는 아주 생생하게 그 느낌을 잘 표현을 할 수 있었다. 누구든지 잘 모르는 것에 대해서는 표현하기 어렵다. 하지만 그것을 직접 체험했을 때에는 그 느낌을 알고, 상상을 하고, 생각을 하고, 표현을 한다. 처음에는 힘들었지만 계속 진행을 하다 보니 생각의 연결고리를 스스로 찾아서 연결을 하는 것이다. 거미가 거미줄을 치듯이……. 지후의 시는 이렇게 해서 만들어졌다.

훌라후프   – 인지후

빙빙 아주 잘도 돌아간다
훌라후프는 내가 돌리면 회전을 잘 한다

자동차 타이어처럼 잘도 돈다

그러나 혼자서는 돌아가지 못 한다
훌라후프 돌리기는 너무 어렵다

힘을 주어서 돌리는 바람에 뒤로 자꾸 넘어진다
그러나 자꾸 일어나서
계속 돌리는 연습을 하면
훌라후프를 잘 돌린다

나도 훌라후프도 잘 돌아간다
빙글 빙글 빙글
신난다

이 시를 읽다보면 실제로 아이가 훌라후프를 처음으로 대하고 힘들었던 경험이 힘이 너무 들어가서 자꾸 넘어진다고 한 표현에서 묻어나오는 것을 느낄 수 있다. 자신이 직접 경험했던 훌라후프를 돌리는 과정에 힘들고, 설레고, 신난 마음을 담아서 시로 표현을 한 것이다. 시는 누구나 표현할 수 있다. 어렵지 않고 너무 쉬운, 누구나 다 할 수 있는 놀이가 바로 시낭송놀이이다.

둘 : 새싹이 파릇파릇 돋아나요 – 생각의 새싹이 자란다

서로 의논해서 같은 제목을 정한다. 이 단계는 같은 주제를 정해놓고 시를 짓는 단계이다.

1. 처음에는 제목을 같이 생각한다.

먼저 "지후야, 이번엔 어떤 것으로 시낭송놀이를 했으면 좋겠어?" 하고 물어본다. 그러면 지후는 책, 친구, 산, 개미 등 떠오르는 여러 가지를 말한다. "그러면 그 중에서 어떤 것이 가장 재미있을까? 우리 생각을 해보고 이 중에서 하나를 선택하자."

잠시 생각할 시간을 준 후에 아이의 의견을 물어본다. 아이는 자신 있는 것을 골라 이야기를 한다.

"그럼 거미로 해요."

"아주 좋은 생각이다. 할머니도 그것으로 하고 싶었는데……. 우리는 생각이 똑같네. 아마 시도 거의 같지 않을까? 궁금한데 우리 빨리 해보자. 어떤 시가 나올까?"

이렇게 자꾸 아이에게 궁금증을 유발할 수 있도록 유도하는 것도 때론 좋다.

2. 제목을 정한다.

일단 제목은 '거미'로 정했다.

"우와! 지후야, 거미로 제목을 정했으니까 좋은 시가 될 것 같다. 어떤 시가 만들어질까 궁금한데?" 하고 이야기를 꺼내면, 지후는 당연히 멋진 시가 되지, 그것도 모르냐며 자신의 손으로 직접 탄생시킬 새로운 시에 대한 기대감을 드러낸다. 새로운 시를 만나게 되는 과정은 언제나 설레고 즐겁다.

3. 제목에 맞게 시를 생각한다.

거미에 대해서 충분한 생각을 먼저 말한다. 거미는 누구일까? 거미네 식구들은 몇 명이나 될까? 거미는 무엇을 먹고 살까? 거미줄은 어떻게 만들어졌을까? 등등 이런저런 이야기를 충분히 나누어서 깊이 생각해 본다. 그러다보면 거미에 대해서 궁금한 것이 쌓여만 간다. 그리고 준비가 되었으면 시 지을 준비를 한다.

4. 처음에는 짧게 시를 짓는다.

시낭송놀이를 처음 할 때는 가능하면 짧게 시를 짓는다. 그랬을 때 아이들도 흥미를 갖는다. 그리고 아이에게도 시를 짓도록 한다. 한 문장으로 표현을 해도 된다. 예를 들어 '거미는 작고 귀엽다.' 이렇게 아이가 표현을 해도 좋다. 문장력은 점차 늘려 나가면 된다. 처음부터 긴 문장력을 요구한다는 것은 아이에게 큰 부담이 되기 때문에 조심해야 한다. 처음에는 동기부여를 해주는 것에 큰 의미를 두어야 한다.

5. 자작시를 갖고 서로 대화를 나눈다.

아이가 사용한 시의 표현기법을 갖고 대화를 나눠본다. 예를 들어 '거미는 작고 귀엽다.'란 표현을 썼다면 "어머, 어떻게 그런 생각을 했어? 정말 잘했다." 하면서 격려와 칭찬이란 무기를 최대한 잘 활용해보자. 그랬을 때 아이들의 자신감과 생각이 쑥쑥 자라는 것이다.

6. 자작시를 갖고 그림을 그려라.

아이에게 자작시를 갖고 그림도 상상해서 그려보게 한다. 아이들의 상상력은 무궁무진하다. 어른들이 생각하는 그런 단계가 아니다. 아이들의 생각은 끝이 없다. 그 생각의 문을 옆에서 조금씩 안내만 해준다면 언어의 마술사가 끊임없이 마술을 부릴 것이다.

7. 작품을 모아서 저장을 한다.

아이들과 대화를 나누면서 "그때 거미를 보고 이런 생각을 했구나" 하면서 이야기를 나누면 아이들은 굉장히 재미있어 한다. 본인이 직접 시를 지었기 때문이다. 이것도 아이들에게 아름다운 추억, 즉 이야깃거리를 만들어주는 것이다. 그러면 아이들은 다른 제목으로 또 시낭송놀이를 하자고 한다. 그러면 자연스럽게 또 한 편의 시가 만들어지고 재미있는 시낭송놀이로 이어진다.

예문)

거미   – 인지후

거미가 기어간다
자꾸 귀여운 거미가

거미가 거미줄을 칠적마다
우리 집 창문에 거미줄을 그었다

거미가 좋다
사랑해 거미야

– 분석 : 시에서 사용한 단어를 찾고 뜻을 알려준다.
거미 – 절지동물

기어간다 – 천천히 움직이는 것

자꾸 – 반복하는 것

귀여운   작으면 가엽다

거미줄 – 거미가 만들어서 내보낸 실

우리 집 – 살고 있는 집(내 집)

창문 – 집에 유리로 된 문

좋다 – 내가 좋아하는 것

사랑해 – 진짜 좋아하는 것

거미   – 이한분

거미가 거미줄을 치며
재미있게 놀고 있다

벌레들도 놀러 와서
재미있게 거미줄 그네를 탄다

벌레들은 정신없이 놀다가
거미줄에서 그대로 잠을 잔다

– 분석 : 시에서 사용한 단어

거미 – 절지동물

거미줄 – 거미가 만들어서 내보낸 실

재미있게 – 즐겁고 재미있는 것

놀고– 놀이

벌레 – 여러 무척추동물

그네 – 아이들의 놀이기구

정신없이 – 미친 듯이

잠 – 일정 시간 동안 쉬는 것

◆ 참고 – 시에서 사용한 단어를 찾아서 이야기를 나누고, 모르는 단어의 뜻
도 살펴보고, 시의 공통점도 살펴본다. 그러면 지후는 이렇게 말한다.

"할머니가 생각하는 것과 내가 생각하는 것이 서로 비슷하네. 거미는 작고 귀
엽다."

그렇다. 어떤 대상을 바라보는 것은 서로의 생각 차이가 조금씩 날 뿐 어느 쪽
이 틀린 것은 아니다. 서로 느끼는 감정을 존중해 주어야 한다. 생각의 차이는
아이와 어른도 서로 비슷하기 때문이다.

그리고 멋지게 시낭송을 하면서 자작시 한 편을 마무리하면서 느끼는 손자와
할머니의 행복함을 떠올려보라. 생각만 해도 얼마나 멋지고 아름다운 놀이인가?
이 순간, 순수하고 감성이 풍부한 지후가 내 옆에 있어서 행복하다. 금보다도 더

예문)

씨앗 — 인지후

작다

또 봐도 작다

아무리 보아도 작다

작다

또 봐도 작다

여전히 보아도 작다

– 분석 : 시에서 사용한 단어

씨앗 – 곡식이나 채소의 씨

작다 – 조그만 것

또 – 다시

아무리 – 자꾸 쳐다봐도

보아도 – 쳐다보는 것

여전히 - 똑같이

씨앗   - 이한분

고추는 하나

그 안에 씨앗이 가득

셀 수가 없다

씨앗이 너무 작아서

씨앗은 귀엽다

- 분석 : 시에서 사용한 단어

씨앗 - 고추의 씨(곡식이나 채소의 씨)

고추 - 고추의 열매

안 - 속

가득 - 아주 많이 있는 것

셀 수가 없다 - 너무 많아서 셀 수가 없는 것

귀엽다 - 고추씨가 작아서 귀엽다

◆ 참고 – 시에서 사용한 단어를 찾아서 이야기를 나누고, 모르는 단어의 뜻도 살펴보고, 시의 공통점도 살펴본다. 그러면 지후는 이렇게 말한다. 할머니가 생각하는 것과 내가 생각하는 것이 서로 비슷하다. 씨앗은 작고 귀엽다. 이런 이야기를 한다.

그런데 할머니와 다른 점은, 제목은 같은데 할머니는 씨앗을 고추씨가 작다고 표현했다고 말하는 것을 보면 지후가 분석을 제대로 했다는 것을 알 수 있다. 서로의 작품을 비교하면서 관찰력과 생각의 힘을 키워나갔기 때문이다. 그리고 멋지게 시낭송을 한다. 이렇게 해서 또 한 편의 자작시로 마무리를 한다.

셋 : 나무가 쑥쑥 자랍니다

어느 정도 익숙해지면 각자 제목을 다르게 정해서 시를 짓는 단계이다.

1. 주제는 주변에서 찾는다.
우리는 가끔씩 근처의 희망공원에 놀러가서 운동을 하고 힘들면 의자에 앉아서 쉬곤 한다. 그리고 주변에 무엇이 있는지 살펴본다. 가능하면 아이가 생각을 하고 표현을 하도록 만든다. 그때 아이가 잘 모르겠다고 하면 "같이 해볼까?" 하면서 "하늘 위에 무엇이 있는지 우리 같이 살펴보자." 하며 아이가 생각하고 대답할 수 있도록 방향을 유도해주면 된다.

"어떤 것들이 있을까?"

그러면 아이는 구름, 새, 산, 나무, 풀 등 생각나는 대로 계속 이야기를 한다.

"그 중에서 우리 무엇으로 시를 지을까 생각을 해보자." 그러면 아이는 자기는 나무, 할머니는 구름, 이렇게 정해준다. 그러면 "나는 다른 것으로 하고 싶은데" 하면 "그러면 할머니 하고 싶은 것으로 해." 그렇게 말한다. 제목은 이렇게 해서 정한다. 서로의 의견이 중요하기 때문이다.

2. 제목을 갖고 생각하는 단계이다.

각자의 제목을 갖고 마음속으로 깊이 생각하는 시간을 갖는다. 서로 의견을 물어 본 다음 생각을 충분히 했다면 '가위 바위 보'로 서로의 순서를 정해놓는다. 재미있게 진행을 하기 위해서이다. 순서를 정하는 것은, 무엇을 하든지 아이들은 신중하게 생각하기 때문이다.

3. 시를 짓는다(즉흥 시).

여기서 아이는 글을 읽고, 쓰는 것을 잘 못하기 때문에 할머니가 받아서 적는다. 초등학교 들어가기까지는 완벽하게 글을 쓰는 것이 어렵기 때문이다(이것은 기록을 하기 위해서 해도 되고 안 해도 상관이 없다. 다음 단계인 제목을 정하고, 생각을 하고, 즉흥시를 발표해도 된다). 좋은 시가 나오면 기록을 한다.

나무   – 인지후

나무야

너는 왜 이렇게 말이 없니

나무한테 물어보았다

하지만 나무는 아무 말도 하지 않았다

나무 위에 올라가

책 한 권을 다 읽어도

나무는 아무 말도 하지 않았다

구름   – 이한분

구름이 둥실둥실

솜구름은 뭉게뭉게

하늘 위에서 놀고 있다

구름을 보고 있으면

달콤한 솜사탕이 먹고 싶다

4. 시낭송을 한다.

먼저 인사를 한 다음 제목과 이름을 먼저 말하고 시를 낭송한다. 목소리, 크게, 작게, 띄어 읽기, 쉬기, 정확한 발음 등을 주의해서 시를 낭송한다(처음에 시낭송을 할 때는 어른이 먼저 시범을 보여주는 것이 좋다).

5. 발표한 시를 갖고 서로의 느낌과 생각을 말한다.

서로 발표한 주제를 갖고 칭찬, 격려, 용기를 북돋아준다. 그러면 아이는 자신감이 생겨서 또 다른 시를 지어보자고 한다. 그렇게 해서 아이가 재미있는 놀이가 될 수 있도록 지도를 해준다. 이것이 진짜 재미있는 시낭송놀이이다.

아이와 시낭송놀이를 할 때 주의할 점이 있다. 주제 선정은 우리 일상생활 속에 얼마든지 있기 때문에 일상생활에서 느낀 점을 그대로 표현하면 된다. 아이가 시를 지었는데 잘못 되었다고 지우고 다시 하라고 하면 그것은 부모님의 시가 되는 것이고, 아이에게 상처를 주게 된다. 때로는 말도 안 되는 것을 말이 되게 하는 것이 아이들의 생각이기 때문이다. 아이가 맨 처음 느낀 그 감정이 진짜 마음에서 나온 것이며, 그 느낌이 가장 소중한 것이다.

이 단계에서 구체적으로 분석을 한다. 그리고 시를 읽어보고 서로의 감정을 이야기한다.

"할머니, 구름이라는 시를 보고 있으면 솜사탕이 먹고 싶다. 엄마가 보고 싶다."

지후와 나는 보통 이런 이야기를 나눈다. 그리고 하늘 위에 있는 구름을 쳐다보고 웃는다. 그리고 또 나무에 대해서 이야기를 나눈다.

"진짜 나무는 이야기를 안 하네. 나무한테 물어 본 내가 바보지." 하면서 지후는 웃는다.

"그럼, 왜 그렇게 표현을 했어 지후야?" 하고 물으면 "시라서 그렇게 나무를 표현한 것인데……" 하고 그냥 천진난만하게 또 웃는다.

시는 바로 그런 것이다. 살아있는 사물처럼 비유를 하고, 재미있게 표현도 하고. 그래서 시낭송놀이가 좋은 것 같다. 지후는 이번에 나무나 구름에 대해서 시를 지으면서 깊이 생각해본 만큼 나중에 다시 한 번 나무나 구름을 바라볼 때는 또 다른 시각으로 보게 될 것이다. 다른 모든 사물을 바라볼 때에도 마찬가지다. 이런 경험이 바로 천금을 주고도 살 수 없는 할머니가 손자에게 물려주는 큰 지적 재산이 될 것이다.

넷 : 열매가 주렁주렁 달렸어요 - 생각 주머니의 열매

즉흥시낭송 단계(발표 훈련)이다. 어떤 주제를 주고 잠시 생각을 한 다음 시낭송을 한다.

1. 주제를 던져 준다(즉흥 발표이다).

이 단계는 주제를 던져 주고 잠시 생각을 한 다음 바로 시를 시낭송 하는 단계이다. 지후와 나는 주로 즉흥시 위주로 놀이를 했다. 이 방법을 지후에게 2년 동안 적용해 보았더니 지금은 어느 주제를 던져주어도 잠시 생각을 한 후에 즉흥시 발표를 아주 잘한다.

2. 던져준 질문에 대한 생각을 듣는다(이 방법은 다양한 생각을 이끌어낼 수도 있다).

예를 들어 지후한테 "나뭇잎을 바라보면 어떤 생각이 드니? 눈을 감고 나뭇잎에 대해서 잠시 생각을 해보자."

이렇게 제안을 하고 나서 항상 내가 먼저 이야기를 한다. 그리고 나서 지후한테 "지후는 어떤 생각이 났어?" 하고 의견을 물어보면 지후는 이런저런 말들을 하기 시작한다.

"나뭇잎은 계절이 되면 색깔이 변한다, 나뭇잎은 조그맣다, 벌레들이 모여 있다, 벌레가 나뭇잎을 먹는다, 나뭇잎은 떨어진다, 나뭇잎의 이슬, 나뭇잎은 살랑살랑, 나뭇잎은 여러 종류가 있다." 등등 다양한 이야기를 지후가 하면, 그럼 나는 지후가 말하는 것을 공책에 다 적어놓는다. 이것만 봐도 아이가 나뭇잎을 바라볼 때는 생각을 하나만 하는 것이 아니라 여러 생각을 다양하게 떠올리고 있다는 것을 알 수 있다. 이것이 중요하다. 한 주제를 통해 하나만 보는 것이 아니라 다양하게 여러 생각을 떠올리도록 하는 것이 무척 중요하다.

3. 한 문장으로 시를 짓는다.

정한 주제에 대해 간단하게 한 문장으로 시를 만들어보자고 제시한 다음 지후가 말한 것을 공책에 적어놓는다.

나뭇잎은 계절이 되면 예쁜 색깔로 변해서 아름다워요.

나뭇잎은 벌레들의 집이에요.

나뭇잎은 벌레들의 밥이에요.

나뭇잎에 이슬이 앉아있어요.

나뭇잎에 바람이 불면 살랑살랑 움직여요.

4. 긴 문장으로 시를 지어보자.

그 다음엔 한 문장으로 만들어 놓은 시를 읽어 주고 '나뭇잎'이라는 시를 다시 긴 문장으로 지어보자. 이때는 지후와 내가 시를 동시에 짓는다. 제목은 같지만 생각의 순서들을 조금씩 다르게 만든다. 이것은 그렇게 해서 완성된 작품이다. 지후는 아직까지 글을 쓰는 것이 서툴러서 시를 불러주면 내가 그대로 적어 놓는다.

나뭇잎   – 인지후

나뭇잎은 계절마다 색깔이 바뀌지요
나뭇잎은 아주 조그맣지만
나뭇잎을 보는 생각과 마음은 끝도 없이 이어지지요

바람이 불어와 나뭇잎이 생글생글 웃어요
나뭇잎은 아주 소중하다고 생각합니다

나뭇잎은 세상에서
아주 중요한 곤충들의 집이자
신비로운 식물입니다
나뭇잎은 작지만 좋아합니다

나뭇잎   – 이한분

나뭇잎은 계절마다
예쁜 색깔로 변신을 한다
그래서 아름답다

벌레들은 나뭇잎의 집을 짓고 산다
먹이는 나뭇잎이다

나뭇잎에 이슬이 앉아서
바람이 불면

살랑살랑 춤을 출 때
나뭇잎은 작지만 귀엽다

이러한 방법으로 주제는 각자 정해서 하고, 때로는 똑같은 주제를 갖고 진행을 한다. 그러면 다양하고, 재미있고, 한마디로 예상치 못한 엉뚱한 이야기도 많이 나온다.

다양한 놀이과정을 통해서 지후는 자작시를 갖고 발표를 한다. 발표

할 때의 기본적인 자세부터 모든 것을 바로 잡아주며 이렇게 해서 즉흥시 발표 훈련으로 이어진다. 처음에는 짧은 문장으로 말하지만 이 훈련이 어느 정도 지나 익숙해지면서 지후는 잠시 생각을 하고 앞에 나와서 즉흥적으로 발표를 할 수 있다. 누구든지 즉흥 발표 훈련에 익숙해지면 말을 잘 할 수 있다. 이 방법은 시낭송놀이와 발표 훈련까지 이어진다. 이제 지후는 어떤 주제를 주어도 순발력을 발휘해서 즉흥 발표를 잘한다.

단계가 중요한 것은 아니다. 위에서 제시한 시낭송놀이 1~4단계는 어린아이라서 나름대로 순서를 정해서 적용을 했다. 때로는 형식이 중요한 것이 아니라 형식에 너무 얽매이지 말고 어떤 상황이 주어졌을 때 서로 마음의 문을 열고 이야기를 나누면서 아이의 잠재의식에 있는 생각을 꺼내는 작업이 중요하다. 그렇게 해서 '대화의 놀이공간'을 만들어 나가야 한다. 아이들이 본 것에 무한한 생각을 더해 말로 잘 표현할 수 있도록 도와주며, 순서는 바꿔도 상관없다.

또한 아이가 어떤 사물을 보았을 때 보고 느낀 감정이 중요하다. 이것을 말로 표현을 할 수 있도록 옆에서 조금씩 칭찬이라는 단어를 사용해서 격려해주고 인정해주는 것이다. 그러면 아이가 어떤 상황이 닥쳐도 당황하지 않고, 본인의 생각을 주저하지 않고 표현할 수 있다. 어른과 아이 모두 마찬가지다. 사람들은 마음속에 있는 말을 상황에 맞게 적절히 표현할 줄 아는 사람이 건강한 사람이다. 이 단계라면 아이는 어떤 주제를 던져주어도 깊은 생각을 한 다음 주저하지 않고 즉흥 발표를 잘 할 것이다.

지후와 시낭송놀이를 통해서 지후가 어떤 사물을 바라보면, 그 바라본 것을 가지고 이야기로 꾸며서 표현하는 방법을 가르쳐 주고 싶었다. 아름다운 말을 사용해서 발표하는 것이 바로 '시낭송놀이'이다. 좋은 생각, 아름다운 말, 우리나라 말, 예쁜 말, 긍정적인 단어, 감성적인 단어를 사용해서 감성이 풍부한 아이로 자랄 수 있도록 해주고 싶었다. 이런 놀이는 곧 바른 인성으로 연결이 되지 않을까 하는 생각도 든다.

유치원 시기에는 아이에게 단문으로 말하는 습관을 길러주는 것이 중요하다. 그리고 초등학교에 들어가면 이것이 밑바탕이 되어 발표력에 자신감이 생긴다. 그러면 긴 문장으로 자연스럽게 이어질 것이다.

처음 지후와 시낭송놀이를 해야겠다고 결심했던 순간이 떠오른다. 언젠가 내 손을 잡고 아장아장 산을 걸어가는 어린 지후의 모습을 보면서 마음이 찡해왔다. 엄마는 직장에 가서 돈을 벌고, 지후는 오후에 아주머니가 와서 돌봐주는 처지라 어찌 보면 짠하다는 측은지심(惻隱之心)의 마음이 들었던 것 같다.

'지후를 위해 할 수 있는 일이 뭐가 있을까? 지후와 함께 할 수 있는 놀이가 무엇일까?' 이런 생각을 하다가 시낭송놀이를 떠올리게 된 것이다. '그래, 내가 좋아하는 시낭송을 통해서 아이에게 재능을 기부하자.'

내가 좋아하고 할 수 있는 재능을 살려서 손자인 지후한테 재능기부를 한 셈이다.

그리고 결국은 시낭송놀이를 통해서 서로가 동반성장한 것이다. 이 놀이를 통해서 아이들의 세상을 알았다. 아름다운 생각을 하며 동심의 '시 세계'로 지후와 여행을 다닐 때의 그 순간이 얼마나 행복한지 모른다. 그 순간순간을 감사하면서 살아가는 것이 진정한 행복이다. 손자와 할머니가 아름다운 추억을 만들 때 얼마나 뿌듯하고 행복한지 경험을 해보지 않은 사람은 모를 것이다. 지후와 같이 웃고 지냈던 소중한 시간들이 모두 시낭송놀이에 담겨있다.

유치원 시기에 아이들이 좋은 생각, 좋은 말, 좋은 행동, 좋은 언어를 생각하면 아이들의 마음도 아름답게 성장할 것이라고 믿는다. 이런 모든 것이 어려서부터 이루어진다면 아이들이 성장하는 인성의 뿌리에 밑거름이 되어 적잖은 보탬이 될 것이다. 그래서 감수성 지수를 올려주는 놀이가 바로 '시낭송놀이'라고 생각한다.

끝으로 자라나는 세상의 아이들이 건강하게 마음껏 뛰놀면서 성장했으면 하는 간절한 마음이다. 내 자식만 잘 되는 것이 아니라 더불어 살아가는 모든 아이들이 마음껏 웃으면서 사는 밝은 세상. 바로 그런 행복한 세상을 꿈꾸고 싶다. 제발 아이들 시기만큼이라도 그랬으면 좋겠다.

손자와의 아름다운 시간을 뒤돌아보며 – 할머니

지후가 세 살 적부터 나와 함께 뒷산으로 산책을 자주 나갔다. 시를 좋아해서 그때부터 시를 읽어주었는데 뒷산을 다니면서 자연과 이야기 나누는 것을 보면서 녀석도 자연스럽게 '시'라는 세계를 접했다.

지후와 시낭송놀이를 본격적으로 한 것은 지후가 6세 되던 때부터이다. 그리고 이 책은 우리가 직접 경험했던 실제 사례를 바탕으로 해서 지난 2년 동안 주고받고 놀이를 했던 시와 글을 쓴 것이다. 지후랑 같이 놀면서 많은 것을 배우고, 아이의 입장도 되어 보았다. 이렇게 지후와 함께 했던 시간은 내게 보물처럼 소중한 시간이었다. 이것도 취학 전이라서 가능했을 지도 모른다. 2016년 지후가 초등학교에 들어가면 이런 시간도 없을 것이다. 요즈음 아이들이 얼마나 바쁜가.

아이가 발표를 잘 하고 시를 잘 쓴다고 해봤자 얼마나 잘 하겠는가? 지후보다도 더 글을 잘 쓰고 발표도 잘하는 아이들이 수두룩한데……. 그렇지만 난 지금까지 지후가 할머니와의 놀이 과정에서 하루가 다르게 달라지는 모습을 보면서 직접 느꼈던 경험들을 이렇게 책으로 담아내었다. 어찌 보면 내 손자가 시를 잘 짓고 발표를 잘 한다는 것은 할머니의 주관적인 판단일 수도 있는 것이니 독자 여러분의 객관인 판단에 의하면 설득력이 떨어질 수도 있겠다.

 이 책은 그냥 편하게 읽어주시면 고맙겠다. 그냥 '손자와 할머니가 시낭송놀이를 통해서 재미있게 노는 방법도 있구나.' 하고 생각을 해주셨으면 좋겠다. 독자의 입장에서는 이 책을 읽으면서 정통적인 교육방법이 아니라고 생각할 수도 있을 것이다. 내 자식이나 손자손녀 중에 지후보다 더 탁월한 능력이 있는데 별것도 아닌 걸 자랑한다는 전제를 깔고 비웃는 사람도 있을 것이다. 또한 시인이나 문인들은 "시를 전문적으로 배운 사람이 아니면서 무슨 '시낭송놀이'를 하나?" 하고 혀를 찰지도 모르겠다. 분명히 전문적인 입장에서는 그렇게 말을 할 수도 있다. 사물을 바라보는 사람의 시각은 어떤 입장에서 바라보느냐에 따라서 서로 달라지기 때문이다.

 다시 말하지만 이 책을 쓴 지후와 할머니는 정말 특별할 것 없는, 별것도 아닌 보통 사람들이다. 그런 보통 사람이 이 책을 읽는 독자에게 한마디 하고 싶다. 요즘은 맞벌이 부부가 과반수다. 부모를 대신해서 손자, 손녀를 돌보고 계시는 분들은 본인들의 재능을 아이들한테 마음껏 펼쳐보자. 그래서 그 아이들이 그분들의 재능으로 인하여 서로 소통

할 수 있었으면 좋겠다. 그게 바로 가족 간의 대화의 문을 여는 열쇠고리가 될 수 있다. 이로 인하여 가족이 행복하고, 웃음이 넘치고, 가족 간의 소중함을 알게 될 것이며, 그런 가정에서 인정받고 자라는 아이들은 분명 밝은 미래가 보장될 것이다.

지나간 시간은 다시 돌아오지 않는다. 추억만큼은 가슴속에 오래 남을 것이며, 지후도 할머니와의 추억을 가슴 깊이 간직할 것이다.

인간은 누구나 추억을 먹고 살아간다. 지난날 얼마나 많은 추억을 만들었느냐에 따라서 그 사람의 행복의 척도가 달라진다. 먼 훗날 지후가 성장해서 결혼을 하면 그 자녀에게 "옛날 옛날에 '하하 할머니'가 살았는데……." 하면서 옛날이야기를 들려줄 것이다. 독자 여러분도 귀여운 손자손녀들과 아름다운 추억을 많이 만들면 먼 훗날 이렇게 아름다운 추억의 이야기가 대대로 전해 내려갈 것이다.

여러분의 가정에 아름다운 추억과 웃음이 가득 깃들기를 기원하며 감사한 마음으로 글을 마친다.

시낭송놀이를 하다보면 생각이 쑥쑥 자라요 - 손자

시낭송놀이를 하다 보면 기분도 좋아지고, 생각도 쑥쑥 자라요.
나는 그동안 '하하 할머니'와 했던 시낭송놀이가 무척 재미있었어요.
친구들도 엄마, 아빠, 할머니하고 시낭송놀이를 해봐. 정말 재미있어.
친구들아! 사랑해.